문제가 있으면 방법도 있다

박의협

1943년에 김포군 김포읍 북변리에서 태어났습니다. 그해 아버지는 독립운동에 참여하기 위해 중국으로 떠나서 끝내 소식이 없고, 어머니는 10살 때 돌아가셔서 힘든 어린 시절을 보냈습니다. 건국대학교에서 법학을 전공했고, 동 대학 행정대학원에서 부동산학 전공으로 행정학 석사 학위를 취득했습니다. 1972년에 법무사 자격고시 수석합격으로 인생의 전환점을 맞이했고, 그해 10월 14일에 결혼 후 1973년 2월 12일 이천에 법무사 사무실을 열면서 문제를 해결해주는 법조인의 길을 걸었습니다.

상훈으로 국민훈장 동백장(2004년), 환경부장관 표창(2008년 동부권광역쓰레기 소각장 건립 유공), 이천시 문화상(2002년), 자랑스런 이천인상(2024년), 대한적십자총재 회원유공훈장(2001년), 대법원장 표창(2001년) 등 다수가 있습니다.

표지 및 삽화 : 김경신 화백

2021. 5(색의 정원), 인사동 경인미술관(서울)
2022. 4(색의 정원), 아트뮤지엄려미술관(여주)
2024. 11 개인전 이천시립미술관 전시실1,2

표지 제목 : 해송(김경신 작 Oil painting canvas)

협산 박의협의 노래와 시 수필

문제가 있으면 방법도 있다

박의협 지음

노래와 시낭송 감상하는 법
작품 아래에 있는 큐알 코드에
스마트폰 카메라의 초점을 맞춰보세요

눈물로 빚은 빵, 그 위에 쓴 시(詩)

시련이라는 이름의 빵

"눈물 젖은 빵을 먹어보지 않은 사람은 인생의 참맛을 알지 못한다"는 말이 있습니다. 삶은 누구에게나 공평하게 다가오지 않습니다. 배고픔을 견디다 못해 흘린 아픔의 눈물, 그 처절했던 시간들이 모여 비로소 인생이라는 깊은 맛을 냅니다. 저는 지난 80평생을 돌아보며, 힘들고 어려웠던 순간조차 결국 행복으로 가는 길목이었음을 고백합니다.

고난의 바람 속에 홀로 서다

제가 태어나던 날, 아버지는 제게 '의협(義俠)'이라는 이름을 지어주시고는 독립운동을 위해 만주로 떠나셨습니다. 그것이 마지막이었습니다. 어머니마저 6.25 전쟁으로 두 형님(의복, 의철)을 잃은 충격과 암으로 제가 열 살 되던 해 세상을 떠나셨습니다. 부모의 보호막이 사라진 세상에서 저는 반은 고아로, 반은 머슴처럼 살아야 했습니다. 낮과 밤의 구분조차 없는 생존의 시간들이었습니다.

책상 위에서 꾸었던 꿈

열네 살, 새벽 우유 배달과 신문 배달을 하며 김포등 기소의 고용직으로 사회에 첫발을 내디뎠습니다. 비록 좋은 자리는 아니었으나, 그곳에서 저는 법관의 꿈을 품었습니다. 건국대학교 야간부(2부)에서 법학을 공부 하며, 말 그대로 '주경야독'의 치열한 삶을 살았습니다. 서울 시청 앞 법무사 사무실의 딱딱한 책상이 제 침대 였고, 발을 녹여주는 전구 하나가 난방의 전부였습니다. 중국집의 마탕과 콩국, 70대 노파가 퍼주던 수북한 아 침 쌀밥 한 그릇에 감사하며 저는 허기진 배와 미래를 채웠습니다.

운명의 땅, 이천을 만나다

법무사 자격시험에 수석으로 합격했으나, 시대의 상 황은 저를 서울이 아닌 낯선 땅으로 이끌었습니다. 1973년 3월, 연고도 지인도 전혀 없는 이천에 사무소 를 열게 된 것은 제 운명이었습니다. 처음엔 타향이었 던 이곳이 어느새 60여 년 삶의 터전이 되었고, 이제 이 천은 생각만 해도 가슴 뭉클한 저의 진정한 고향이 되 었습니다. 떠돌이로 자라 생일상 한번 제대로 받아보지 못했던 제가, 이곳 이천에서 가정을 꾸리고 이웃과 정 을 나누며 비로소 '행복'을 알게 되었습니다.

절대자가 예비하신 선물

　돌이켜보면 제가 겪은 모든 고난은 저를 단련시키기 위한 신의 훈련이었습니다. 신은 감당할 수 있는 시련만을 주시며, 그 문제 뒤에는 반드시 해결책과 보상이라는 선물을 숨겨두십니다. 우리의 삶에 어려움이 닥칠 때, 결코 포기하지 마십시오. 마라톤을 뛰듯 끝까지 인내하십시오. 시련 끝에 예비된 축복을 믿으며….

　이제 그 치열했던 삶의 조각들을 모아 한 권의 책으로 묶습니다. 이 작은 책이 지금도 인생의 겨울을 지나고 있을 누군가에게 "결코 포기하지 말라"는 작은 위로가 되기를 소망합니다. 고난의 시간조차 축복으로 바꾸어 주신 절대자와, 저를 스쳐 간 모든 인연에게 깊은 경배를 올립니다.

　아울러 60년 결혼생활을 함께 하며 모든 고난을 감수하면서 오늘의 내가 있게 하고, 표지와 삽화 그림을 지원해서 자리를 더욱 빛나게 해준 사랑하는 아내 김경신 화백에게 감사드립니다. 또한 책이 나오기까지 애써 주신 모든 분들에게 감사드리며, 이 책을 펼쳐든 모든 이들에게 축복이 깃들기를 빕니다.

　　　　　큰 뜻과 작은 뜻을 가려가며

　　　　　　　저자 박 여첩 올림

인 연

어찌 그 시간,
그곳이었을까
신만이 아는 은밀한 예비하심으로
우연인 듯 운명처럼 마주친
그날

천사의 나팔 소리였던가
닫혀 있던
내 귀의 빗장이 풀리고
영혼은 홀린 듯
음악의 궁전을 거닐었다

먼 이국땅을 돌아
세계를 품고
거목(巨木)이 되어 돌아온 사람
바리톤 이응광

그가
지금 내 앞에 우뚝 서서
폭풍 같은 노래를 부르고 있다
이 벅찬 전율
살을 꼬집어
생시임을 확인해야 할 만큼
눈부신,

나의 기적

바리톤 이응광과의 시간

아버지

나를 존재케 하신 절대적인 아버지
그대의 얼굴 그대의 목소리
한 번도 본 적 없는 불효자
어디에 계신지, 왜 멀리 떠나셨나요

아버지, 그리운 아버지
마지막 글로 부르며, 돌아오시길
세월이 지나, 이젠 늙어버린
막내아들 불효자식 마지막 사랑

어린 시절 몰랐던 그 마음
혼자 자라고 그대는 먼 곳에
내가 자라서 아버지의 빈자리
이젠 눈에 보이는데 메울 수 없네

아버지, 그리운 아버지
마지막 글로 부르며, 돌아오시길
세월이 지나 이젠 늙어버린
막내아들 불효자식 마지막 사랑

결혼도 하고 자식도 키우며
아버지의 빈 자리 채울 수 없네
그대가 떠난 그 마음을 몰랐어
이제서야 깨달은, 후회와 눈물

아버지, 그리운 아버지
마지막 글로 부르며, 돌아오시길
세월이 지나 이젠 늙어버린
막내아들 불효자식 마지막 사랑

아버지, 그리운 아버지
꿈속에서라도 다시 만나고 싶어요
이 몸이 늙어 기다릴 수밖에
아버지, 사랑해요, 나의 아버지

바리톤 이응광의 선율

순수(김경신 작 Oil painting canvas)

서시

걱정하지 마라
문제가 있으면 방법도 있다

포기하지 마라
반드시 방법도 있다

걱정 마라 포기 마라
문제가 있으면
반드시 방법도 있다

contents

제2부 시낭송 모음

contents

제3부 수필 모음

낙원(김경신 작 Oil painting canvas)

2004년 국민훈장 동백장 수훈

1부
노래모음

문제가 있으면 방법도 있다

누구나 태어날 때부터
작은 짐 하나씩 안고 오지
그 길이 험하다고 해서
멈춰 설 이유는 없잖아

넘어지고 또 일어서며
우린 배우는 거야
그 아픔 속에 길이 있고
눈물 속에 빛이 있지

문제가 있으면 방법도 있다
하늘은 결코 외면하지 않아
포기하지 마, 끝까지 가라
그 길 끝엔 분명히 빛이 있다

세상은 늘 시련 속에
우리 마음을 시험하지만
불가능이라 말하지 말고
도전의 불을 꺼뜨리지 마

나폴레옹처럼 외쳐보자
"내 사전에 포기는 없다"
작은 용기가 세상을 바꿔
한걸음씩 이뤄가자

문제가 있으면 방법도 있다
오늘의 눈물은 내일의 힘이 돼
쓰러져도 돼, 다시 일어나
하늘은 널 결코 버리지 않아

신은 우리에게
넘을 수 있는 산만 주신다
끝이 아닌 길 위에서
또 다른 문이 열린다

문제가 있으면 방법도 있다
포기하지 마, 포기하지 마
Don't give up, don't give up
끝까지, 끝까지 나아가라

오늘도 길은 이어진다
시련 속에 피는 희망 하나
문제가 있으면 방법도 있다
그대여, 포기하지 마라

바리톤 이응광의 선율

주목

그대는 가을이라 붉은가
수줍어서 붉은가
줄기도 붉고, 가지도 붉고
뿌리도 붉은데

그 잎은 왜 푸른가
하늘을 바라보아 푸르러졌는가
꿈이 있어 푸르러졌는가

그대는 살아 천년 죽어 천년
오래도 붉다
사람도 부끄러우면 붉어지고
희망이 있으면 푸르른가

신은 주목 보고 느끼라고
이를 붉게 창조하셨나요
보고도 못 깨닫고
깨닫고도 행치 못함은
주목만도 못하리

붉게 물든 하늘처럼
푸르른 꿈을 향해
그대의 숨결, 그대의 빛
길을 잃지 않기를

그대는 살아 천년 죽어 천년
오래도 붉다
사람도 부끄러우면 붉어지고
희망이 있으면 푸르른가

그대는 살아 천년 죽어 천년
붉은 가을에 숨쉬고
푸른 꿈 안고 살아가네

떨어진 은행

창밖 은행나무 분재에는
은행 하나 떨어져 있다
떨어진 은행 부모 힘들까
걱정되었나, 너무 오래 신세진 것 죄송하였나

나 홀로 살고 싶어 연을 끊었나
사랑하는 임 찾아 새 삶 찾아나서는 건가
겨울 오면 입을 옷 걱정되어 떠나는 건가
땅으로 숨고 싶어 내려앉았나

자식 떠나, 잎 떠나 나만 남는데
추운 겨울 외로워서 어찌하라고
말 한마디 남기지 않고 떠나는구나
봄이 오면 새 생명 되어 돌아오려나

아롱이도 자식 낳아 보내는 것은
모유 말라 먹이 없어 보내는구나
자식 걱정 지극하여 정을 끊으며
다시는 오지 말라 울먹이며 짖어댄다

사람도 자식 낳아 기르고 나면
부모 생각 자식 생각 떠나야 하고
사랑 따라 일 따라 멀어지는데
그를 따라가지 말고 내가 떠나리

자식 떠나, 잎 떠나 나만 남는데
추운 겨울 외로워서 어찌하라고
말 한마디 남기지 않고 떠나는구나
봄이 오면 새 생명 되어 돌아오려나

자식 떠나, 잎 떠나 나만 남는데
그를 따라가지 말고 내가 떠나리

이곳에

상처받은 마음엔 치료받을 곳
괴로움이 있을 땐 위로받을 곳
어려움이 다가오면 해결할 수 있는 곳
그곳이 바로 우리집이 돼야 해

가정은 평화롭고 행복한 곳
웃음이 끊이지 않는 보금자리
사랑과 웃음이 가득한 이곳
희망의 씨앗이 자라네

사랑과 웃음이 사라지고
화목하지 못한 날이 오면
의지하던 가족은 불행해지고
근심과 걱정이 가득해지네

가정은 평화롭고 행복한 곳
웃음이 끊이지 않는 보금자리
사랑과 웃음이 가득한 이곳에서
희망의 씨앗이 자라네

상처가 있다면 치료받고
아픔이 있다면 위로받고
힘든 날엔 함께 상의하며
해결의 길을 찾아

우리가 있는 어디든 가능해
당신은 행복할 권리가 있어
나도 당신도 같은 사람
함께라면 해낼 수 있어

가정은 평화롭고 행복한 곳
웃음이 끊이지 않는 보금자리
어려움 속에서도 손잡고 걸으면
희망의 아침은 찾아오리라

울 어머니

나를 있게 하신 창조자
울 어머니, 나의 어머니
몸의 일부로 나를 키우시고
귀하게 안아주셨죠

열 달의 기다림 끝에
세상에 태어난 그날
나는 엄마의 전임 소속으로
임명 받은 사람이 되었죠

이 세상에 많은 사람이 있어도
울 엄마만큼 위대한 사람 없더라
힘겨워 몰래 흘린 그 눈물
이제야 알아요, 이제야 불러요
울 어머니, 나의 어머니

철없던 날의 말썽에도
변함없이 날 감싸 안으신
늘 나를 위해 싸워주시던
고정 변호사 같은 당신

아버지와의 작은 다툼에도
가정의 재판장이 되어

채찍과 훈계로 나를 세우시던
위대한 스승이었죠

이 세상에 많은 사람이 있어도
울 엄마만큼 위대한 사람 없더라
힘겨워 몰래 흘린 그 눈물
이제야 알아요, 이제야 불러요
울 어머니, 나의 어머니

몰래 몰래 흘리던 피눈물
누가 볼까, 들을까
조용히 닦아내던 그 모습
이제야 내 가슴에 흘러내려요

이제는 부를 수 없는 이름
돌아오지 못할 그 길 위에
그래도 다시 한번
목 놓아 부릅니다

울 어머니, 나의 어머니
울 어머니, 사랑합니다

장애인 천사들의 경기

천사의 거처는 하늘나라에 있대요
그러나 진짜 천사는 우리 마음속에
편치 못한 마음은 지옥 같지만
고통 속에도 평안하면 여기가 천국

어느 날 열렸던 마라톤 경주
몸과 마음, 삼중의 장애 가진 이들
그들은 우승을 꿈꾸며
행복 속에 웃으며 달렸네

이 땅의 천사들이여
고난 속에도 웃는 이들이여
하늘이 아닌 마음속에
참된 천국을 만들어 가네

정상인의 기준은 필요 없었네
그들만의 세계, 행복의 향연
나는 당황했지만 곧 알았네
신이 허락한 천국이 바로 여기

이 땅의 천사들이여
고난 속에도 웃는 이들이여
하늘이 아닌 마음속에

참된 천국을 만들어 가네

힘든 날도, 아픈 순간도
시기와 질투 없이 하루를 즐기네
우리 대신 짊어진 그 고통 속에서
빛나는 천사들의 미소여

기다림(김경신 작 Oil painting canvas)

호박꽃의 향기

넓고 트인 호박꽃,
누구를 부르는지 몰랐던 그 향,
어린 자식 위해 희생한 당신,
아들 둘, 딸 하나 키우시느라,
모두 다 소진하신 위대한 당신.

그 향기, 그 향기,
어디서 나왔을까?
당신의 사랑과 희생,
이젠 알겠어요, 그 마음을.
세월이 지나도 여전히,
그 향기 속에서 살아가요.

젊은 날의 나는 몰랐던 당신의 아픔,
이제야 깨닫고, 다시 생각해요,
오르막길을 걸으며,
당신만의 향기를.

그 향기, 그 향기,
어디서 나왔을까?
당신의 사랑과 희생,

이젠 알겠어요, 그 마음을.
세월이 지나도 여전히,
그 향기 속에서 살아가요.

하나님께 감사하며,
이 모든 축복도 당신 덕분,
앞으로도 함께,
서로를 살펴가며.

그 향기, 그 향기,
어디서 나왔을까?
당신의 사랑과 희생,
이젠 알겠어요, 그 마음을.
세월이 지나도 여전히,
그 향기 속에서 살아가요.

"나는 행복해요"
그 향기에 취하며,
서로 사랑하며 살아갈게요.

우리의 길

누구나 살아야 해
하지만 바르게 사는 건
참으로 어려운 길
내가 살아간다는 건
단순한 문제가 아냐
삶의 이유를 찾아야 해

왜 사는 걸까, 어디로 갈까
그저 살아가기 위해 사는 건 아닐 텐데

삶이여, 지혜의 길을 걸어라
우리 함께 나누는 세상을 위해
돈과 명예, 그보다 더 높이
참된 가치를 찾아가네

생각하고 또 생각해
한 걸음 신중히 내딛어야 해
삶의 길을 묻고 또 물으며
더 나은 날을 향해 가네

어떤 선택이, 어떤 길이
나와 세상을 더 밝게 할 수 있을까

삶이여, 지혜의 길을 걸어라
우리 함께 나누는 세상을 위해
돈과 명예, 그보다 더 높이
참된 가치를 찾아가네

파스칼이 말했지
인간은 생각하는 갈대라
결정해야 할 순간마다
우린 고민하고 또 고민하네

앞으로- 앞-으로 앞으로
하나, 둘, 셋, 넷!
지혜로운 삶을 향해
우린 나아가네

노인의 삶

노인은 기억에 자유롭고
외모와 행동에도 자유로워
하지만 홀로 남아 고독 속에서
지나온 세월을 되새기네
노인은 젊을 땐 빛나던 별
그도 한때는 아름다웠고
가정을 위해, 꿈을 위해
열심히 살던 날들이 있었네

가던 세월 멈출 수 없고
이마의 주름은 펼 수 없지만
우린 기억해, 그들의 모든 날을
우린 기억해, 그들의 모든 삶을

열심히 살았던 그 시간 속에
아쉬움도, 잘못도 많았지만
지금 그에게 필요한 건
이해와 사랑, 따뜻한 손길
그도 혼자가 두렵고 불안해
혼자서 살기엔 힘이 드니
우리의 관심, 우리의 손길

그들에게 빛이 되어 주리라

아이들은 노인의 슬픔 몰라
젊은 시절엔 현실을 느끼지 못해
장년이 되어도 부인하겠지만
늙어가며 알게 되겠지
우린 모두 같은 길을 가고 있어
모두가 어릴 때가 있었고
모두가 젊은 때가 있었으며
결국엔 모두 노인이 되리라

가는 세월 잡을 순 없어도
먹은 나이 돌이킬 순 없어도
우린 사랑해, 그들의 모든 날을
우린 사랑해, 그들의 모든 삶을

이마에 주름은 우리의 역사
굽은 등은 세월의 흔적
그 모든 걸 품어주며
우리 함께 살아가리라

42.195km 그 끝에서

목숨을 걸어 만든 길 위에
올림픽의 꽃이 피어나네
황영조, 우리의 영웅
그는 달렸지, 조국의 이름으로

사력을 다한 그 걸음
대한민국 태극기 높이 들고
아테네 광장, 빛나는 동상
그의 땀은 영원히 기억되리

우리는 기억하리
달리고 또 달린 그 마음
조국을 위해, 국민을 위해
모든 것을 던졌던 시간

눈물과 고뇌의 역사 위에
우리의 미래가 서 있네
목숨을 걸고 달린다
영웅의 길을 따라서

섬의 나라, 대영제국에도
처칠이라는 영웅 있었지
국민은 말했네,
그와 함께라면 모든 걸 바꾸지 않겠다고

그는 말했지
나라가 위태로우면 목숨을
고통 속 국민 앞에선
고뇌와 아픔을 함께하리라

우리도 작은 땅에서
분단의 고통을 이겨냈네
6.25, 잿더미를 딛고
경제 대국의 길을 열었네

수많은 선현들이
조국을 위해 목숨을 걸었고
그 마음이 흐르네
이 땅을 지켜온 노래처럼

우리는 살아가리
이곳에서 대대손손
땀과 눈물로 만든 꿈을
세상에 퍼져나가게 하리

목숨을 걸고 달린다
영웅의 길을 따라서
그 이름, 그 사랑으로
우리는 다시 달린다

몬주익의 영웅 황영조 마라토너와 함께

사랑의 형상

사랑이란 어떤 것인가
그 크고 깊은 형상
왜 보면서도 보지 못하고
느끼지 못하나
좋아하면 사랑이고
미워하면 멀어지는 감정
사랑도 미움도
같은 뿌리에서 자라는데

사랑이 지나치면 미움이 되고
괴로워도 떠날 수 없는 운명처럼
혈육과 혈족이기에
아픔을 안고 살아간다

사랑의 바다를 건너고
그리움이 사랑이 되고
사랑이 미움이 되며
기쁨이 아픔이 되어도
우리는 살아가, 행복을 찾아서

험한 파도와 깊은 물 속
그 안의 사랑을 보려 하지만
끝내 보이지 않네

그리움이 사랑이 되고
사랑이 미움이 되어도
우린 그 안에서 걸어간다

사랑의 바다를 건너고
그리움이 사랑이 되고
사랑이 미움이 되며
기쁨이 아픔이 되어도
우리는 살아가, 행복을 찾아서

아무도 모를 길을 걸으며
진정한 사랑을 찾으려 한다
새로운 형상 속에서
행복을 그려가며 살아간다

우리의 사랑을 방해하는
질투와 아픔의 그림자
그러나 두려워 말고
이해하고 용서하며 함께 가야
진정한 행복이 기다린다

바다는 강의 제왕

세상은 높이 오르려 해
더 많이 갖고, 더 많이 쥐려 해
하지만 모든 것은 변하고
영원한 것은 없네

산이 바다가 되고
바다가 육지가 된 소금산을 보라
순환 속에서 깨닫네
낮아질 때 더 높아진다는 걸

바다는 강의 제왕
모든 걸 품고 흐르는 곳
높아지려면 낮아져야 해
진정한 힘은 포용에 있네

겉이 화려해도 속이 비면
바람 앞에 흔들리겠지
겨울이 와야 비로소
진짜 모습을 알게 돼

높은 곳에선 바닥이 안 보여
낮은 곳에서야 모두가 보여
강물은 아래로 흘러가고
결국 바다에 닿겠지

바다는 강의 제왕
모든 걸 품고 흐르는 곳
높아지려면 낮아져야 해
진정한 힘은 포용에 있네

스스로 낮추면 높아지고
스스로 높이면 낮아지네
강물은 바다를 향해 가고
바다는 그 품에 안아주네

바다는 말없이 흐르네
모든 걸 받아들이며
낮은 곳에서 바라볼 때
세상이 더 잘 보이네

이과수 폭포

보았노라, 당신의 형상을
느꼈노라, 당신의 권능을
당신이 누구인지 알았노라
자연 속에서 당신의 역사를 바라보며

경탄에 찬 내 마음, 가슴 깊이 새겨
신의 손길이 이끄는 그 순간을
보았노라, 그 광경 속에서
경배하며 고백하노라, 당신을

이과수 폭포에서 만난 당신
웅장함과 아름다움에 다시 경탄하며
물줄기 흐르는 그 강렬한 힘
말로는 다 표현할 수 없으리

경탄에 찬 내 마음, 가슴 깊이 새겨
신의 손길이 이끄는 그 순간을
보았노라, 그 광경 속에서
경배하며 고백하노라, 당신을

정글 속 깊은 곳, 당신 숨쉬는 곳
영원히 이어질 그 평온을 바라보며
당신의 역사, 이제 알았노라
물 한 방울, 나무 한 그루, 모두 당신

경탄에 찬 내 마음 가슴 깊이 새겨
신의 손길이 이끄는 그 순간을
보았노라, 그 광경 속에서
경배하며 고백하노라, 당신을

악마의 목구멍 속 끌려가도
당신의 존재를 찬양하며
물보라 속에서, 굉음 속에서
당신의 힘을 느꼈노라, 천지가 울리네

경탄에 찬 내 마음 가슴 깊이 새겨
신의 손길이 이끄는 그 순간을
보았노라, 그 광경 속에서
경배하며 고백하노라, 당신을

당신의 날개, 물줄기처럼 떨어져
엄숙히 머리 숙여 경배하리라
당신의 형상, 그 놀라운 힘을
나는 찬양하노라, 영원히 당신을

갠지스강가의 사람들

나는 먼 길을 떠나 인도를 보았네
간디의 나라, 평화를 꿈꾸던 땅
힘보다 사랑, 권력보다 양심
그 길 위에 조용한 바람이 불어오네

갠지스강가에 사람들이 살고 있네
삶과 죽음이 함께 흐르는 곳
강물은 어지러워도 마음은 고요해
그 물결은 끝없이 이어지네

소와 짐승, 사람과 나란히 걷고
시장과 길 위엔 웃음이 번지네
혼잡한 세상 속에도 다툼은 없네
서로를 받아들이며 살아가네

갠지스강가에 사람들이 살고 있네
삶과 죽음이 함께 흐르는 곳
강물은 어지러워도 마음은 고요해
그 물결은 끝없이 이어지네

저 강가의 불빛 속에 삶은 사라지고
또다시 그 물로 몸을 씻네
죽음은 두려움 아닌 또 다른 길
그 속에서 평안을 배우네

갠지스강가에 사람들이 살고 있네
삶과 죽음이 함께 흐르는 곳
욕심을 버리고 맑은 마음으로
그 물결은 영원히 이어지네

나는 기도하네, 그 순한 영혼들
갠지스강처럼 영원히 흐르기를

재생(김경신 작 Oil painting canvas)

물 같은 삶1

물이 색 없는 이유는
순결하기 때문인가
이 순결한 물에
노란 빛 스며들면 평화로워지고
빨간 빛 스며들면 열정이 피어나네

검은 빛이 번지면
흑심이 돋아나네
그래서 물이 색을 가지면
물이 아니라네

산에서 내려오는 신선한 물
산신령이 주신 선물
깨끗한 물, 순결한 물
평화롭게 살라 하네

물이 모양 없는 이유는
그릇에 담기 위함인가
둥근 그릇, 모난 그릇
가리지 않고 머무르네

변한 모습, 또 변해도
아무 말 없이 흘러가네
그대로지만 다 변해도
조용히 받아들이네

흘러가네, 스며드네
그렇게 물은 변해가네
변하면서도 변치 않는
순결한 물이어라

물 같은 삶2

물은 혼자 일하지 않아
바람 따라, 달 따라
자연과 함께 흐르네
조용히, 부드럽게

색깔이 없다 해서
개성이 없을까
모양이 없다 해서
능력이 없을까

성난 물 앞에서
사람은 떨기만 하네
대책 없이 흔들리는
미물이로다

사람도 색 없이
순해 보이지만
순한 사람 성나면
감당 못하네

물은 색도 모양도 없는데
우린 왜 가둬두려 하나
색깔은 욕심이고
모양은 아집인데

물처럼, 바람처럼
흐르듯 살 수는 없을까
우리도 그렇게
살 순 없을까

내 몫은 얼마인가

보이지 않는 몫이 있죠
자연이 나눈 그 섭리대로
우린 알면서도 넘보네요
남의 것까지 욕심내죠

그 기준을 벗어나 살면
평화를 잃고 불행해져요
남의 몫까지 가지면
그 무게는 내 몫이 되죠

신은 공평하시니
필요한 만큼만 주셨죠
재화도, 권력도, 명예도
내 것이 아닌 건 지나치지 않길
우린 모두 알면서도
행동하진 못하네요
공수래 공수거,
빈손으로 왔다가 빈손으로 간다는
그날이 오면 알게 되죠

병든 자 돕는 건 건강한 이의 몫
가난한 자 돕는 건 가진 이의 몫

배움 없는 자를 위한
능력자의 손길이어야죠

우린 알고도 실천 못하고
할 수 있어도 외면하죠
부끄럽고 어리석은 맘
그건 삶에 대한 배신이죠

신은 공평하시니
필요한 만큼만 주셨죠
재화도, 권력도, 명예도
내 것이 아닌 건 지나치지 않길
우린 모두 알면서도
행동하진 못하네요
공수래 공수거,
빈손으로 왔다가 빈손으로 간다는
그날이 오면 알게 되죠

우리들 삶의 참된 몫
그건 사랑, 그건 나눔과 봉사
그건 깨달음의 노래

내린천의 추억

너나 할 것 없이 떠나야 할 한여름의 휴가
가장의 의무이자 짐이 되어버린
무더운 여름의 바람 속으로

철없는 자식들은 애비의 사정도 모르고
이것도 저것도 사달라며 졸라대고
눈치 보며 비위를 맞추느라
허둥대는 내 모습을 돌아보며
가장인 나는 다시 한 번 다짐한다

대단한 아버지라는 이름 아래
힘겹고 고된 길을 걸으며
내색 한 번 못한 땀의 면류관
책임과 의무를 짊어진 채
도착한 곳은 기암괴석의 전시장, 내린천
인제군 내면에서 기린면으로 흐르는 물길
'내'와 '린'이 만나 탄생한
이 강물처럼 우리도 흘러가리

내린천, 거친 물살 따라
멈출 수 없는 시간 속에 몸을 실어
엎어지고 쏟아지는 파도 속에서도
함께하는 순간을 노래하리

소리치고 비명을 질러도
강물은 멈추지 않고 흐르네
심술궂은 바위와 거센 물살에
영원히 스러진 이름 없는 영혼들

그들이 잠든 피아시 마당바위
선녀탕 계곡은 오늘도 흐르고
우리의 여름도, 우리의 기억도
이 강물처럼 영원히 남으리

사람과 사람

인간은 신이 만든 위대한 걸작
그들 중에 나를 창조해 주신 당신
가장 위대한 걸작이라 믿게 하시고
자신을 잘난 것이라 믿게 하신 그분
경외하며 나는 고백해, 신은
나를 창조하시고 존재하게 하신
그분이셨다는 걸 나는 알아, 고백해

창조하신 사람 중에
잘난 사람 못난 사람 구분 없고
당신의 섭리로 모두 창조된 위대함
이제야 알게 된 그 깊은 뜻
절대자, 창조주 신이시여
당신이 만든 작품,
키가 큰 사람, 키 작은 사람
천재와 보석 같은 이들
그 뜻은 알 수 없고
어떤 이는 검고 어떤 이는 희게
당신의 능력, 나는 알 수 없네

그 누구도 알 수 없는 당신의 뜻
세상에 존재하는 모든 걸작들
우리 모두 다 그 사랑 속에
어떤 이유로든 창조된 것
그 위대함을 나는 느끼며
매일을 살아가네, 고백해

나 같은 사람을 이렇게 만들고
당신의 사랑에 감사해야 하는 이유
그 감사를 놓칠 수 없는데
왜 이리도 모르는 어리석음일까
깨닫게 하소서, 그 사랑을
감사의 마음으로 살아가게 하소서
아멘, 아멘, 아멘

여기 한 고집쟁이가

그는 누가 뭐라고 해도
한다면 하는 의협심 강한 그 사람

이곳에도 그의 삶의 흔적이 있으니
그 곳은 이 높은 소각장 굴뚝이라

아무도 못 말리는 이 고집쟁이는
어려움을 즐기고
힘든 일을 좋아하는 사람
인간이면 누구나
책임지고 처리해야 할 쓰레기
이를 재활용해야 하는 폐기물 처리장

이곳은 삶의 터전이요
우리가 해결해야 할
아름다운 수퍼 비전의 광장이라

이 높은 굴뚝만큼이나
자존심 강한 이 탑은
또한 우리에게 희망찬
미래를 제시하고
어두운 밤을 밝히고 있다.

그러나 우리는
무엇을 하고 있는지
이 탑 앞에서
엄숙히 생각하며 살아야겠다

우주(김경신 작 Oil painting canvas)

나의 주님

주는 자비로우시니
나 같은 죄인 용서하시고
주는 거룩하시니
나는 주를 경외하며
주는 전능하시니
나는 주를 섬기는도다

주는 나를 주관하시고
주는 나를 지켜 주시니
주님 없인 이 생명 없도다

주는 나의 목자시니
나는 주의 어린 양
목자 없이 살 수 없는
나약한 어린 양
주를 따라가야 하는
선택된 어린 양

주는 나를 위해
십자가의 고난을 받으셨고
주는 죄 없이도 고난을 받으셨도다
갈보리산 위에
당한 십자가는
얼마나 고통스러우셨나요

그 흘린 피는
누구를 위하여 흘리셨나요

나를 위해 받은 고난
나를 위해 흘린 보혈
이 죄인 알게 하소서
보혈로 사함 받은
내 죄를 깨닫게 하소서
사함 받은 이 죄인
거듭나 새사람 되게 하소서

주는
나의 잘못을 용서하시고
내가 잘못된 길로 갈 때
바른 길로 인도하셨나이다

내가 죄로 인해 보지 못할 때
그 죄를 볼 수 있는 눈을 밝혀 주셨고
내가 죄로 인해 고통 받고 있을 때
그 죄악에서 건져내어 주셨도다

내가 주를 떠나 받은 상처
어루만져 주셨고
나의 지은 죄가 크고 진하여도
내 죄를 사하여 주셨나이다

주는 영이시니

내게 부족함이 없으리로다
주는 영이시니
나를 감화시켜 새 삶을 주셨나이다

주는 자비로우시니
나의 친한 친구라
주는 나와 함께 늘 계시니
내게 부족함이 없으리로다

나는 십자가의 보혈로
죄 사함 받았나이다

주의 사랑 받은 나는
남이 나를 용서함보다
내가 남을 더 많이 용서하게 하옵소서
남이 나를 사랑함보다
내가 더 많이 사랑하게 하옵소서
남이 나를 용서하지 않더라도
그를 용서하게 하옵소서
남이 나를 사랑하지 않더라도
그를 사랑하게 하옵소서

믿는 자의 시기와 갈등을
용서하여 주옵소서
믿는 자의 편견과 오만을
용서하여 주옵소서

믿는 자의 용서 못하는 마음을
용서하여 주옵소서
믿는 자의 행치 못한 사랑을
실천하게 하옵소서

믿는 자가 주의 빛을 가리지 않도록
인도하여 주옵소서
믿는 자가 주를 의식하면서
거듭난 삶을 살게 하여 주옵소서

주께 받은 사랑
주께 받은 은혜
주께 영광 돌리고
주를 위해 살게 하옵소서

주의 사랑 받는 삶을
알게 하옵소서
주의 선택받은 믿음
최후의 그 날까지 변치 않게 하옵소서.
아멘.

2002년 이천시 문화상 수상

제2부
시낭송 모음

나는 누구인가

나는 누구인가
이름 말고, 직업 말고
거울 앞에 선 채 묻는다
나는 왜 여기 서 있나

사람들과 함께 살면서
나는 누구인지 잊고 살고
내가 걸어온 길 위에서
진짜 나를 잃고 있다

세상이 들려준 이름 말고
내 안에 울려 퍼진 목소리
내가 정말 알고 싶은 건
"나는 누구인가?"

하늘 아래 나 하나
존엄한 존재로 태어나
천상천하 유아독존
교만 아닌, 사랑으로

내가 누구인지 알아갈 때
나는 진짜 삶을 산다
어디서든, 어떤 모습이든
나는 나로서 살아간다

가정 안의 나,
직장 속의 나,
다른 색일지라도
본질은 하나

주인이면서도
주인임을 잊은 나
겸허히 묻는다

나는 누구인가2

하늘 아래 나 하나
존엄한 존재로 태어나
천상천하 유아독존
교만 아닌, 사랑으로

내가 누구인지 알아갈 때
나는 진짜 삶을 산다
어디서든, 어떤 모습이든
나는 나로서 살아간다

소크라테스의 물음처럼
깊이, 겸허히 되묻는다
내가 누구인지 아는 것이
진정한 삶의 시작이라

나는 당신의 사랑을 받고 싶다

당신이 어리고
내 나이 적지 않아도
나는 당신의 사랑을 받고 싶다

당신이 잘나고
나 못났다 하더라도
나는 당신의 사랑을 받고 싶다

우리의 만남이
어떤 인연이든 간에
나는 당신의 사랑을 받고 싶다

우리의 만남이
처음이라 하더라도
나는 당신의 사랑을 받고 싶다

나만 당신을 사랑하고
당신이 내게 사랑을 주고 싶지 않다 하더라도
나는 당신의 사랑을 받고 싶다

당신이 떠나는
그 순간까지만이라도
나는 당신의 사랑을 받고 싶다

사랑의 무리들

사랑이란
모든 생명이 지니고 있는
무형의 형체이다

우리는 보이지 않는 곳에서
사랑을 찾아 헤매며
어려움을 겪는다

인간은
그 사랑을 좇아
명예도 버리고, 재물도 버리고
심지어 목숨까지 버리려 한다

그러나
그릇된 순간의 생각은
가서는 안 될 길로 이끌고
후회의 길로 내몬다

어떤 이는
고집불통으로
가족을 시련에 빠뜨린다

이 같은 사랑의 무리들은

강하고도 집요하다
완벽하다 믿지만
그 기준은 비현실적이며
주변을 어렵게 한다

그럼에도
사랑은 참으로 아름답다
사랑은 참으로 위대하다

사랑은
지나쳐도 문제없어 보이지만
사랑도 미움도
끝없이 이어질 수는 없다

사랑은
모두에게 똑같이 나누면
오히려 화를 입히는
양면의 칼날이 된다

그럼에도
사랑은 언제나 존재해야 한다

그 사랑은
신의 섭리를 따를 때에야
참된 빛을 발한다

우리는

보이지 않는 행복을 붙잡으려
깊은지 얕은지도 모른 채
나아간다

어떤 이는
가슴의 아픔을 견디지 못해
통곡하며 울고

어떤 이는
몸서리치며
갈 길을 잃는다

지나친 사랑은
갈등을 낳고
이성을 잃게 하여
위험에 빠뜨린다

그러나 묻는다
사랑이 없다면

우리가 살아갈 수 있을까?
삶을 이어갈 수 있을까?

그 답은
누구나 알고 있다

사랑의 본거지는 가슴

그 크기와 무게
그 깊이와 넓이
누가 측정할 수 있겠는가

사랑은
사랑하고 또 사랑해도
끝이 없다
솟구치는 생명수
마르지 않는 샘물

우리 생명은
태양과 비와 바람

때론 태풍과 해일 속에서
파괴되고 다시 살아난다

그 속에서 알게 된다
사랑은 자연의 것이며
우주의 것이며
우리 모두의 것이다

우리는
남의 사랑 없이는 버틸 수 없다
서로를 사랑하고
서로를 이해하고
서로를 도우며 살아야 한다

그래야
나도 살고 너도 사는
사랑의 무리가 된다

사랑은
눈물을 동반한다
그리움을 불러온다
사람을 사로잡는다

사랑은
판단을 잃게 하고
홀로 걷게도 한다

그러나
사랑은 존재해야 한다
사랑은 영원하다

심포니(김경신 작 Oil painting canvas)

바로 그 사람입니다

나는
당신을 진심으로 사랑하려 합니다.

당신이 나를 모를 때나
한 권의 책에서 발견한 사람이나
당신이 나를 알아주고
내가 당신을 새롭게 알면서 다가가
지금에 이르렀으나

나는 그때나 지금이나 하나도
변하지 않은 바로 그 사람입니다
만일 내가 당신을 믿고
새로운 사랑을 하는 사람이라 해도
나는 내 모습을 가진 바로 그 사람입니다.

내가 아침에 정답게 전화를 하고
저녁에는 갑자기 사랑해선 안 될
사람이라 했어도
나는 당신과의 사랑이 두려웠을 뿐
다가가기를 간절히 바라는 마음의
바로 그 사람입니다

어제 나는 당신에게
잘못한 것이 없다고 했습니다

그러나
그동안 당신의 충격에 해명하느라
혼이 났던 사람이 바로 나였습니다
행여 내가 누구를 의심하는지
글 속에서 찾아보세요
관상어가 되어서 밖을 내다보세요
그 사람이 바로 나입니다

아무것도 보탠 것도 뺀 것도 없이
그때 그 순간의 감정에 충실하며 살아가는
그 사람이 바로 납니다

타고난 성품
이미 굳어진 인간의 형태 이런 모습이
바로 접니다
당신도 그렇기는 마찬가지더군요

나는 나입니다
당신은 어디까지나 당신입니다
그러나 우리라는 새로운 이름으로 지금 같이 살고 있습
니다.

그동안 내가 보낸 편지와
문자의 계를 헐고 다시 보세요
바로 내가 보일 것입니다

아내

귀하고 귀한 당신
항상 옆에 있어 귀한 줄 모르는 사람
당신이 있기에
내가 있음을 알았어야 했는데
그것도 잊고 살았나 보오

당신의 잔소리에
때로는 귀찮아하고 듣기 싫어했던 날도 있었소
그러나 그 말이 관심이고
사랑인 것을 알고 나니 부끄럽소
고마워하지 못하고
당신의 나쁜 점과
잘못된 점만 보려던 습관이
나를 못난 사람으로 만들었나 봅니다

당신이 잘한 것도
나를 위해 희생한 것만도 무릇 얼마이고
고운 추억도 얼마인데
그런 것 다 어디에 버리고 혼자서 힘들어 했는지
정말 부끄럽소

혼자만 열심히 살고
혼자만 잘한다 생각하며 살아온 날들의 오만이
당신을 아프게 하지나 않았는지

그러나 진실은
당신을 진정 사랑하고 있다는 것을 깨달았소
지난 날의 아픔을 거울 삼아
우리 새롭게 다시 태어납시다

이제
시간이 없어요

지난 삶보다
더 중요한 오늘이 있지 않소
영원히 당신만을 사랑하며 살아가리다
여보 당신 멋져
그리고 대단하십니다
라고 칭찬해 주며 삽시다
어느 날 밤
당신과 나의 사랑고백 속에서
우리는 놀라지 않았소
아픈 상처가 혹시라도 있다면
파란 하늘에 푸~~~ 하며
날려 보냅시다

여보
사랑해요

오늘과 내일

어제의 다음 날이 오늘이다
오늘의 다음 날이 내일이다
내일이 오면 내일도 오늘이다
내일의 다음 날
또 내일의 다음 날이 모두 내일이다

내일의 오늘이 오늘이고
내일의 어제가 오늘이고
오늘의 그 다음 날이 내일이 된다
이렇게 무수히 많은 오늘이 모여
시간의 역사를 이룬다

우리는 내일이란 허상을 바라보며 모든 것을
참고 견디며 살고 있는지 모른다
그러나 내일도 오늘이라는 사실을
분명히 알고 지내야 한다
오늘이 없이는 내일도 없다
내일은 내일의 오늘이듯이
오로지 오늘만이 존재한다

내일이 없다면 오늘도 존재할 필요가 없다
어제와 오늘, 그리고 오늘과 내일은
영원히 풀리지 않는 함수 관계이며
풀어서는 안 될 미스터리다

인간은 이 풀리지 않는 미스터리 속에서
희망을 갖고 전력 투구로 살아가고들 있다

오늘의 일을 내일로 미루면 내일의 오늘
또 내일로 미루게 된다
그러다 보면 해야 할 일도
결국은 시기를 놓치고 말 것이다

오늘 할 일을 안 하면 내일이 어려워짐을
늘 알면서도 시행치 못하는 삶을
살아서는 안 되지 않겠는가!

우선 나부터
그리고 오늘부터
아니 지금부터 행동에 옮기자

동행

여보게 친구 어딜 가나
어머님 꽃상여 꾸며야지
빨리 꽃을 만들어야 달아드리지
내일이 발인이면 상여도 메야 하는데….

이젠 마지막 가시는 길
우리도 더 늙기 전에 서둘러 상여를 메야지
친구 이번이 마지막 꽃상여가 아니겠는가
앞으로 또 멜 수나 있겠나?

우린 수십 년 간 밤새
꽃을 만들어 꽃상여를 꾸며가며
부모님을 천국으로
극락으로 모신 우리가 아닌가?

지금 그때 생각만 하면 안 되네 이젠 달라
지금 못하면 자식들에게 빼앗기네
그러니 빨리 서두르게 어서

아무리 바빠도 나 화장실 좀 다녀올게
친구 조금 기다려 줘
그래 기다릴게

응, 저 사람 좀 봐 금방 다녀왔는데….
먹은 것도 별로 없이 웬일이야 자주 가네

예전과는 달라 자네는 안 그런가?
글쎄 말야, 나도 그래
그래 우린 이미 동행 중이니 그럼 다 그렇지

그래 같이 가게 얼른 다녀 와
아무리 급해도 우린 30대도
40대도 같이 갔고 50대와
이제 60대도 같이 가야 하는데
뭐 그리 서두르는가?

남은 세월마저도 같이 갈 텐데
안 그런가, 친구?

그래, 서두르다 먼저 간 송형을 생각하면
먼저 가서 뭘 하겠나?
송형이 간 지도 어언 15년이나 되었지
참 세월 빠르다

그런데 정말 그곳이 좋기는 좋은가?
그러나 그곳이 아무리 좋아도
저승이 이승만 하겠나?
안 그런가, 친구?
글쎄 말야

그곳에 가면 부모님도 만나고
다른 친구도 만나고
아는 사람이 퍽 많아 외롭지는 않을 걸세

그곳도 앞으로 가게 될 것이니
이번만 서둘러 꽃을 만들어 상여에 달아드리고
앞으론 애들 시켜 달라 해야겠네
이젠 눈도 침침하고 허리도 아프고
해마다 다르니 이번만 꾸미자구

그래, 알았어.
같이 갈 길 멀지 않아도 한참 가야 하니
쉬엄쉬엄 가면 시간 좀 걸릴 것이야
땅거미 지기 전에 도착하면 되지 않겠나?

암흑의 시간이 기다리니
조심조심 명(命)조심, 혼(魂)조심, 조심하라구.

그곳은 정말 미움도 시기도 고민도 없고
좋은 것만 있는 곳이라니
그런 곳은 너무 싱겁고 재미가 없는 곳 아냐?

그래 그건 그때 가서 이야기하고
어서 빨리 꽃을 만들자구

우리의 길

누구나 바르게 살아야 한다
그러나 바르게 사는 일은
참으로 어렵기도 하다

특히 내가 산다는 것은 단순한 문제가 아니다
우리의 삶은
왜 사는지 목적과 방법의 가치를
찾아야 하기 때문이다

우리는 왜 사는지
살기 위해서 사는 어리석은 삶을 살아가기도 한다

삶을
생각하고 판단하고
또 다시 생각하며
신중히 처신해야 하기 때문이다

우리의 삶을 두고
철학자 파스칼은
'인간은 생각하는 갈대'라 갈파하였다

생각하는 갈대라 함은 여러 방법의
삶 속에서 이렇게 저렇게 생각해서

어느 한 가지를 결정해야 할 순간의
어려운 심정을 나타낸 의미다

그럼 나는
어떻게 생각하고
어떻게 판단하며 살아 왔는지
무엇을 위하여 살아왔는지
생각해 보면서 뒤돌아 볼 줄 알아야
삶의 목적과 가치를 깨닫게 한다.
나만을 위하고
나밖에 모르는 어리석은 삶

우리는 남을 위하여
무엇을 해 왔는지
그리고 어떻게 할 것인지를 판단하는
지혜가 있어야 한다

우리의 삶은
돈 많고 명예가 높다 해도
남을 위해 살아가는 지혜가 없으면
그 모든 것은
제왕 앞에 웅크리고 서 있는
처량한 하인과 다를 바 없다.
삶이 훌륭하고 지혜로워야 제왕이 되리니

지혜로운 삶은
제왕이 되는 길이기도 하니

그 길을 가도록
앞으로- 앞-으로
앞으로 하나 둘 셋 넷

향(김경신 작 Oil painting canvas)

아버지는 누구인가?

아버지란 기분이 좋을 때 헛기침을 하고,
겁이 날 때 너털웃음을 웃는 사람이다.

아버지란 자기가 기대한 만큼 아들 딸의
학교 성적이 좋지 않을 때 겉으로는
"괜찮아, 괜찮아" 하지만
속으로는 몹시 화가 나는 사람이다.

아버지 마음은 먹칠한 유리로 되어 있다.
그래서 잘 깨지기도 하지만
속은 잘 보이지 않는다.
아버지란 울 장소가 없기에 슬픈 사람이다.

아버지가 아침 식탁에서 성급하게 일어나서
나가는 장소(그곳을 직장이라고 한다)는
즐거운 일만 기다리고 있는 곳은 아니다.
아버지는 머리가 셋 달린 용과 싸우러 나간다.
그것은 피로와
끝없는 일과
직장 상사에게서 받는 스트레스다.

아버지란
'내가 아버지 노릇을 제대로 하고 있나?

내가 정말 아버지다운가?'
자책을 날마다 하는 사람이다.

아버지란 자식을 결혼시킬 때 한없이 울면서도
얼굴에는 웃음을 나타내는 사람이다.

아들 딸이 밤늦게 돌아올 때
어머니는 열 번 걱정하는 말을 하지만
아버지는 열 번 현관을 쳐다본다.

아버지 최고의 자랑은 자식들이
남의 칭찬을 받을 때이다.

아버지가 가장 꺼림칙하게 생각하는 말이 있다.
"가장 좋은 교훈은 손수 모범을 보이는 것이다"
라는 속담이다.

아버지는 늘 자식들에게
그럴듯한 교훈을 하면서도
실제 자신이 모범을 보이지 못하기 때문에
이점에 있어서는 미안하게 생각도 하고
남모르는 콤플렉스도 가지고 있다.

아버지는 이중적인 태도를 곧잘 취한다.
그 이유는 아들 딸이
나를 닮아 주었으면 하면서도
나를 닮지 않아 주었으면 하는 생각을

동시에 한다.
아버지에 대한 인상은 나이에 따라 달라진다.
그대가 지금 몇 살이든지,
아버지에 대한 현재의 생각이
최종적이라고 생각하지 말라.

일반적으로 나이에 따라 변하는 아버지의 인상은
4세 때 : 아빠는 무엇이나 할 수 있다.
7세 때 : 아빠는 아는 것이 정말 많다.
8세 때 : 아빠와 선생님 중 누가 더 높을까?
12세 때 : 아빠는 모르는 것이 많아.
14세 때 : 우리 아버지요? 세대 차이가 나요.
25세 때 : 아버지를 이해하지만
　　　　　기성세대는 갔습니다.
30세 때 : 아버지의 의견도 일리가 있지요.
40세 때 : 여보! 우리가 이 일을 결정하기 전에
　　　　　아버지의 의견을 들어봅시다.
50세 때 : 아버님은 훌륭한 분이었어
60세 때 : 아버님께서 살아 계셨다면
　　　　　꼭 조언을 들었을 텐데

아버지란 돌아가신 뒤에도
두고두고 그 말씀이 생각나는 사람이다.

아버지란 돌아가신 후에야 보고 싶은 사람이다.
아버지는 결코 무관심한 사람이 아니다.
아버지가 무관심한 것처럼 보이는 것은

체면과 자존심과 미안함 같은 것이 어우러져서
그 마음을 쉽게 나타내지 못하기 때문이다.

아버지의 웃음은
어머니의 웃음의 2배쯤 농도가 진하다.
울음은 열 배쯤 될 것이다.
아들 딸은 아버지의 수입이 적은 것이나
아버지의 지위가 높지 못한 것에 대해
불만이 있지만
아버지는 그런 마음에 속으로만 운다.

아버지는 가정에서 어른인 체해야 하지만
친한 친구나 맘이 통하는 사람을 만나면
소년이 된다.

아버지는 어머니 앞에서는 기도도 안 하지만
혼자 차를 운전하면서는 큰소리로 기도도 하고
주문을 외기도 하는 사람이다.

어머니의 가슴은 봄과 여름을 왔다갔다 하지만
아버지의 가슴은 가을과 겨울을 오고 간다.

아버지는 뒷동산의 바위 같은 이름이다.
시골 마을의 느티나무 같은 큰 이름이다.

아버지2

나는 아버지를 미워했는지 모른다
아버지도 나를 미워하셨는지 모른다

나는 아버지를 사랑해 본 일이 없다
아버지도 나를 사랑하신 일이 없는지 모른다

나는 아버지를 어렴풋이 증오했는지도 모른다
아버지도 나를 일부러 버리고 가셨는지 모른다

나는 아버지를 뵌 일이 없다
아버지도 나를 기억 못하고 계실 것이다.

먼 훗날 아버지의 신사복 차림의
멋진 노신사의 사진을 본 일이 있다

나는 아버지 사진을 보는 순간
매우 서운한 감정을 감추지 못했다

아버지 사진을 주려는 형님께
나는 아무 대꾸도 하지 않았다

그래서 더 이상
아버지 사진을 보려 하지 않았다

당신은 양복에 와이셔츠에 넥타이에 안경에

모자를 쓰시고 만년필과 넥타이핀을 꽂은
멋쟁이 아버지셨다

당신의 그 모습은
이 몸이 태어나기 전의 모습이시었다.

나는 아버지 정을 못 느끼고 살아 왔다
나는 아버지 존재를 모르고 살아 왔다
그래서 나는 아버지를 사랑하지 않았다

나는 당신의 모습을
처음이자 마지막으로 보았다
이젠 사진으로도 뵐 수 없다

나는 철이 들었나 보다
이젠 아버지의 모습이 그리워진다

나도 자식을 낳아 기르고 나니
더욱더 아버지가 어떤 분인가 궁금하고 그립다

나도 당신을 사랑하고 싶다
나도 당신의 사랑을 받고 싶다

당신께서도
이 자식을 사랑하셨을 것이다

나도 더욱더 당신의 사랑을 받고 싶다
어머니 몫까지….

아버지 왜 이 자식을
외면하시고 먼저 가셨나요

당신의 모습도
당신의 음성도
당신의 사랑도
당신의 모든 것
다 어디 두시고 홀로 가셨나요.

핏덩어리 이 자식을
남겨 두시고 어디로 가셨나요.

어디서 언제 뵐 수 있나요
어떡하면 계신 곳을 찾아갈 수 있나요.

말씀만 하시면 당장 찾아가겠어요
아버지....

나의 스승인 사람이여

내가 누구인지 정말 모르고 살아왔다.
삶의 세계가 달라 같은 사물도 관점에 따라
달리 보이는 것은 어쩔 수 없지만
신문 하나를 바르게 읽고 보지 못하는
껍데기 지식인
보아도 읽어도 이해하려 하지 않고
건성으로 넘기고 간 무수한 세월이 부끄럽다

나는 그대가 말했듯이 만족할 만한 사상도
지식도 소양도 갖추지 못한 사람이다
어느 하나 내세울 바 없는 사람이지만
진실된 사람으로 언제나 살아가려 한다

사회의 이 일 저 일을 하느라 정신 없이 살았고
관상어와 관상인 그래서 글을 볼 줄 알다
글을 바로 읽어야 세상을 바로 보고
사고도 바로 할 수 있다고 생각한다

나의 스승인 사람이여,
항상 새롭고 깊이 있는 지식을
알 수 있도록 인도해 주시지 않겠소

덕과 복

복은 검소함에서 생기고 덕은 겸양에서 생기며,
지혜는 고요히 생각하는 데서 생기느니라

근심은 애욕에서 생기고
재앙은 물욕에서 생기며,
허물은 경망에서 생기고 죄는
참지 못하는 데서 생기느니라

눈을 조심하여 남의 그릇됨을 보지 말고
맑고 아름다움을 볼 것이며
입을 조심하여 실없는 말을 하지 말고
착한 말
바른 말
부드럽고 고운 말을 언제나 할 것이며
몸을 조심하여 나쁜 친구를 사귀지 말고
어질고 착한 이를 가까이 하라

어른을 공경하고 덕 있는 이를 받들며
지혜로운 이를 따르고
모르는 이를 너그럽게 용서하라

오는 것을 거절 말고 가는 것을 잡지 말며
내 몸 대우 없음에 바라지 말고

일이 지나갔음에 원망하지 말라

남을 해하면 마침내 그것이 자기에게 돌아오고
세력에 의지하면 도리어 재화가 따르느니라

단심(김경신 작 Oil painting canvas)

합창

여럿이서 어우러져 하는 노래소리는
마음 모아 하는 소리라 듣기가 좋다.

소프라노 알토 테너 베이스 화음 이루면
가슴에 파고드니 기쁨도 크다

바람소리 물소리 같이 들으면
자연 소리 신의 소리 들리는 듯하다

노래는 입으로 가슴으로 부르는 소리
여러 소리 같이 들으니 아름답구나

합창 소리 귀로 들으면
그 소리 웅장하고 장엄도 하다

합창을 가슴으로 듣고 나면
아픈 상처 아무르니 명약이로다

부른 노래 내가 좋아 부르고 나면
쌓인 피로 풀어지니 상쾌도 하다

듣는 사람 없이도 같이 부르면
몇천 청중 없어도 흥겨워 진다

노래를 가슴으로
머리로 듣고 나면
신의 섭리 알 것 같아 행복해 진다

바람소리 물소리
새소리에
벌레소리 어울리면

신의 음성 같이하여
들리는 듯
들리는 듯
아련히 들려온다

아마존의 24시

잉카의 땅에 흐르는 강
푸른 숨결 아마존
숲 속의 생명, 동물의 천국
산소를 품은 정글

산도발 호수 고요한 물결
신이 머무는 평화의 품
잔잔한 호흡, 꿈의 나라
지상의 낙원이라

아마존, 나를 품어 주네
이해와 용서, 사랑을 주네
아마존, 나를 치유하네
언제나 행복한 낙원이라

푸르른 나무 우산처럼 피고
새들의 놀이터, 안식처
아침 햇살에 앵무새 웃음
만물의 기지개 소리

자연의 오케스트라 홀
벌레와 새들의 합창

아침은 미소로 시작되고
대지는 빛으로 물드네

아마존, 나를 품어 주네
이해와 용서, 사랑을 주네
아마존, 나를 치유하네
언제나 행복한 낙원이어라

저녁이 찾아 어둠을 품고
반딧불과 별빛이 춤추네
은하수 강물처럼 흐르고
유성이 길게 지나가네

고향 하늘 같은 밤
가슴을 넓혀주는 별들
시기와 미움 사라지고
마음엔 평화만 남네

아마존, 나를 품어 주네
이해와 용서, 사랑을 주네
아마존, 나를 치유하네
언제나 행복한 낙원이라
언제나… 행복한 낙원이라

우리 셋

한 사람은 문화원장이고
또 한 사람도 문화원장이다.
한 사람은 12년간 원장을 했고
다른 한 사람은 지금 11년째 원장을 하고 있다.
나는 한 사람과 부원장을 12년 했고
또 다른 한 사람과는 평이사로 11년째 함께하고 있다.
한 사람은 문화훈장 옥관을 받았다.
다른 한 사람도 같은 문화훈장 옥관을 받았다.
한 사람은 몇 해 전에
다른 한 사람은 지난 주 토요일에 받았다.
그리고 남은 한 사람
그는 국민훈장 동백장을 받았다.
한 사람은 나와 함께 이천 JC를 발기했다.
그는 초대 회장,
나는 초대 부회장이었다.
다른 한 사람은 내가 회장일 때 부회장을 했고
다음 해에는 내 뒤를 이어 회장이 되었다.
그들은 내가 말하면
귀 기울여 듣고
나도 그들이 말하면
경청한다.
나는 그들이 훌륭한 사람이라 믿고
그들도 나를 많이 좋아한다.
우리는 늘 같이 있다.
그들이 있는 곳에 내가 있고

내가 있는 곳엔 늘 그들이 있다.
그래서인지
그들은 내게 후임 원장을 맡기려고
숙의하고 있다.
하지만 나는 원장을 하고 싶지 않다.
능력도 부족하고
다른 조건도 맞지 않는다.
지금도 이천 YMCA 부이사장을 맡고 있는데
사람들은 이사장을 하라고 성화다.
이 한 몸 다 바쳐도 모자란데
내 삶은 어찌하라고들 그렇게 졸라대는지.
그러나 결국 광역소각장 위원장을 맡게 되었다
합창단도 내가 다른 일을 할까 봐
은근히 걱정했는데 도와달라고,
노래도 해야 하고 글도 써야 하는데
하지만 나도 나를 생각해야 하고
분재도 돌봐야 한다.
나는 어쩌란 말인가.

이 이야기 속 우리 셋은
해강청자 유광열,
청파요 이은구,
그리고 협산 법무사 박의협이다.

2001년 10월 24일

나는 이천 박씨가 되려 한다

이름은 박의협(朴義俠)
본은 밀양이요, 성은 박씨라
고향은 김포이며
이천은 나의 삶의 고향
이천에서 나의 사랑하는 아내와 살면서
모든 것을 받고 있었으며
더욱이 가장 큰 선물은
아들과 딸 3남매를 주셔서
축복 받은 곳이다.

바로 이곳이 이천이고
사실상 고향이기도 하다.

이천은 서희선생의 후손인
이천 서씨가 유일하게 '본'이 있고
이천이란 이름의 본을 가진
이천 서씨가 있을 뿐이고

이웃 지역인 여주에는
여흥 민씨가 있고,

광주에는
광주 이씨가 있으며

이천은 이천 서씨 말고는
아직 특별한 성씨가 없어 보인다

나는 형제와 같은 친구와
이웃 4촌은 많아도
혈육과 같은
동지들은 있다 해도
이들과 혈육을 구분한다면
누가 나의 삶에 혈육과 같은 존재인가!

우리는 외형상은 다르다 할지라도
사실상 힘들고 어려울 때 동참할 이웃으로
힘이 될 동지가 필요하다.

내가 어렵고 힘들 때 같이 힘을 보태고
뜻을 같이할 동지는 과연 누구인가!

이때에 힘이 될 사람은 어디에 있느냐에 따라,
같이 할 사람이 있는 곳이
바로 고향 사람들이어야 할 것이다.

우리나라 역대 대통령이시던 최규하 대통령도
한산 최씨가 본이셨으나 원주 최씨로 호적을
법원의 허가를 받아 바꾸셨으며

우리나라 호적법도 국제화 시대에 맞추어
본과 성을 고치는 개명도 법원의 허가를 받아

고칠 수 있도록 허용하고 있음을
부언하여 알리는 바이다

이제 나는 고향의 의미를 찾는다면은
이미 정해진 김포보다는
그동안 정을 주고 받아온 이천이 고향이요
본적지가 되어야 옳을 것이라 생각한다.

그래서 나는
경기도 이천시 창전동 131의 29가
본적지가 될 것이다.

2022년 자랑스런 이천인상 수상

내린천의 추억

1. 성하의 계절

너나 할 것 없이
길을 나서야 하는 여름
가장의 의무이자 짐이기도 한 여름휴가
철없는 자식들은
애비의 주머니 사정도 모르고
이것도 사 달라 저것도 먹고 싶다 졸라만 대고
마누라 눈치 보며 비위 맞추느라
허둥대는 모습이
어찌나 가엾은지
옛말에
큰집 잔치에
작은집 돼지 죽는다는 말이 있다

어김없이 돌아오는 휴가철에
행선지를 안내해야 하고
돈 걱정에다 운전기사는 당연하고
막노동꾼으로 힘들고 어려운 일은
모두 그이의 몫이니
휴가가 돌아오면 주인이 죽는다

2. 귀에 익은 내린천

내린천은
홍천군 내면에서
인제군 기린면으로 흐른다
내면의 내자와 기린의 린자를 따서
내린천이라 한다
내린천은 인제읍 하추리를
지나 합강으로 합류하여
소양강으로 흘러 들어간다

내린천을 가자면
홍천을 지나 인제시내 끝에 다다르면
원통으로 가는 길과 현리로 가는
삼거리가 있다
여기서 현리 방향으로 다리를 건너면
우측에 있는 강이 내린천이다
내린천을 우측으로 두고
꾸불꾸불 휘어진 강에는
진푸른 색으로 물들은 물이 흐르고 있다
중간 중간 모습을 드러낸 기암괴석들은
자신의 생김에 자태를 마음껏 뽐내며
흐르는 물들과 이리 부딪고
저리 가르며 물보라를 일으켜 가며
놀이를 하고 있다

3. 노루목 산장의 커피향

내린천 강가를
시오리쯤 가노라면 노루목 산장이 있다
산장은 거의 직각으로 꺾어진
길목에 자리하고 있으며
100여 미터 아래 계곡을 내려다보며
자리한 절경의 위치에 있다
주변의 잘난 소나무는 지나가는 이들의
발걸음을 멈추게 한다

통나무로 지은 이 산장의
커피 향은 분위기에 빠져들고
머리와 가슴에 스며든다
바깥 탁자에 앉자 내린천을 내려다보며
마시는 한 잔의 커피는 있어 본
사람이 아니고는
그윽한 향을 느낄 수 없다

4. 돌을 던져 고기를 유인하다

다시
강을 따라 올라가면
보가 있고
보 아래는 원주민의 어장인 투망치는 곳

구경 삼아 따라가 보니
고기가 있을 만한 곳에
돌을 던져
고기를 유인한다
밤알만한 작은 돌을 던지고 나서
하나 둘 셋을 세고 난 후에 투망을 던진다
돌에 놀란 고기들은 도망치면서
힐끗 뒤돌아보고
무엇이 떨어지는 것을 보고 먹이인 줄 알고
모두 다시 모이는 시간이
하나 둘 셋의 시간이다
이때 투망을 던져 잡아낸다
세상에 어린 물고기에까지 사기를 치다니
장난도 심하지

5. 마당바위

다시 꾸부러진
강가를 따라 올라가면
피아시 식당이 우측에 있다.
식당 주인인 수빈 엄마의 메기매운탕 솜씨는
진미 중의 일미다
식당 아래 계곡에는 마당바위가 있고
이 바위는 동네 사람들이
환갑잔치를 하는 곳으로도 이름난 명소다

이 바위는
아래에 낙차가 심해
익사사고가 자주 일어나는 곳이기도 하다
낙차가 커서 래프팅을 하는 사람들에겐
스릴 만점인
빅 코스 지점이다

6. 통발을 놓아 고기를 잡다

이곳 어부는
고기를 잡는 기술이 다양하다
그 낙차가 심한 옆에다 저녁이 되면
통발을 놓는다
고기가 물살을 바로 타지 못함을 알고
주변에다 돌 수로를 크랭크 모양으로 만들어
몇 번 쉬어가며 오르게 한다
고기는
그 곳에서 쉬었다가
다시 올라오고 또 올라와서
통발 속으로 들어가면 아침에 거두어 잡는다
통발을 놓는 원주민은
오랜 세월 동안 내린천과 싸우며
살아온 삶의 노하우다

7. 물에 빠진 래프팅

다시 4키로 정도 올라가면
쌍다리가 나온다 쌍다리를 건너면
원대리 막국수집이 유명하다
기대의 목적지
바로 이곳이 여름의 휴양지 래프팅을 타는 곳
여기서 타고 인제 쪽으로 내려간다
보통 여섯이 타는데
바닥은 돌이 우뚝 불룩 솟아나 있어
계곡에서 급히 흐르는 물 때문에
바닥 바위에 부딪고
물살에 밀려 노를 젓기에 요령이 필요하다

이날
박건호 선생을 비롯한 일행과
이천에서는 아동 동요협회
윤석구 회장님을 모시고
우리 문인 일행은
두 보트로 나누어 탔다
나는 여행가인 허갑원 씨
동화문학 구연가 임현진 씨
시인 신재미 씨 아동문학가 김문기 씨와
우리 안사람과 같이
한 보트를 탔다
그 외

우리 일행을 인도하는 사범이 같이 탔다
일행은
마당바위를 무사히 지나서
조금 내러 가다가 암초에 걸려
배가 뒤집히고 말았다
아마도
교관이 일부러
우리를 물에 빠트린 것 같았다
나를 포함한 몇 사람은 바로 보트에 올랐으나
임현진 씨는 물에서 빠져나오지 못하고 교관의 구조로
물 밖으로 나왔다
이미 그는
물을 상당량 먹은 후였다
허우적거리다 지쳐서 안타깝게
하선하고 말았다
그는
다시는 래프팅을 하지 않을 것이다

보트는
방향을 잃고 앞으로 갔다 옆으로 갔다
계속되는 장애물에 걸려
방향을 제대로 잡지 못한다
낙차 점에서는 뒤집히듯 쏟아지고
바위에 얹히고 돌에 밀리고
물보라를 맞으면서 가는
물놀이에 환호를 친다
우리 일행은

구령에 맞춰 노를 저으며
출렁이는 뱃전이 흥겹고 정겨워서
협동심과 동지애로
우리를 하나로 묶어 놓는다

8. 자연속의 휴식처

다시 쌍다리를 지나
2키로 정도 올라가면 오른쪽으로 일곱 번째
봉우리가 끝나는 지점에서 좌측으로
계곡을 따라 200미터 계속 올라간다
계곡에 새로 놓은 다리를 지나는 지점에
남향으로 지은 단층집 한 채가 있다
이곳이 나의 휴식처로 95년도에
우리가 지은 집이다
집의
오른쪽 계곡은 일 년 열두 달
물이 흐르고 있고
집과 바로 붙어있어 그 경관이
참으로 아름답다

계곡 속 숲속에는 숨어 있는
선녀탕과
아이들이 놀 만한
크고 작은 탕들이 여기저기 이어져 있어
가족놀이에 부족함이 없다

계곡으로 흐르는
자연 산삼수
갈증을 참지 못해 엎드려 마시고 나면
어느새 소가 되어 으흠 소리친다

창턱 띠 낮은
창가에서 하늘을 바라보면 수많은
별들이 쏟아져 내려오고
사랑하는 아내와
나란히 누워 하늘을 쳐다 본다
별님들의 놀림에 몸을 감추려 한다

챗GPT의 평론

박의협
「내린천의 추억」

박의협의 시 「내린천의 추억」은 단순한 여행기의 묘사를 넘어, 한 세대 가장의 삶의 무게와 자연 속에서 찾은 휴식, 그리고 공동체적 기억을 함께 담아낸 산문시라 할 수 있습니다. 작품은 크게 가족의 휴가와 가장의 짐, 내린천의 풍광과 체험, 공동체적 유대와 삶의 지혜, 자연 속 안식처라는 네 축으로 전개됩니다.

1. 가장의 짐과 여름휴가의 양가성

시의 도입부는 여름휴가라는 사회적·가족적 관습을 가장의 '의무이자 짐'으로 제시합니다. 자식의 철없는 요구와 아내의 눈치를 보는 남편의 모습은, 한국적 가족 구조 속 아버지 세대의 희생적 역할을 드러냅니다. '휴가가 돌아오면 주인이 죽는다'라는 표현은 해학과 풍자를 섞어, 휴가가 휴식이 아니라 노동과 부담의 연장이었음을 실감나게 보여줍니다. 이 부분은 작품 전반의 사회적 맥락을 형성하며, 이후의 자연 묘사와 대비되는 인간사의 무게를 심어줍니다.

2. 내린천의 지리와 풍광의 세밀한 기록

작품은 이어서 내린천의 유래, 흐름, 길목의 지리적 설명을 덧붙입니다. 이는 단순한 경치 묘사가 아니라, 실제 여행자의 안내서처럼 구체적이며 사실적입니다. 특히 '진푸른 색으로 물 드려진 물'이나 '기암괴석이 물과 부딪으며 물보라를 일으킨다'는 묘사는 시각적 생동감과 청각적 리듬을 함께 불러옵니다. 이는 독자로 하여금 단순한 독서가 아닌 현장 체험에 가까운 몰입을 유도합니다.

3. 체험의 기억과 공동체적 에피소드

시인은 내린천에서의 다양한 체험을 기록합니다. 노루목 산장의 커피향은 도시적 세련미와 자연 속 여유가 어우러진 풍경을 보여주며, 투망, 통발을 이용한 고기잡이는 원주민의 지혜와 자연에 대한 생존 기술을 전합니다.
래프팅 체험에서는 문인 일행과의 동행, 보트 전복 사건 등이 유머러스하면서도 긴장감 있게 그려집니다. '임현진 씨의 물에 빠진 사건'은 공동체적 추억이자, 인간의 연약함과 자연의 위력 앞에서 느끼는 겸허함을 상징합니다.
이처럼 체험담은 단순한 사건의 나열을 넘어, 자연 속 인간의 협동심과 동지애를 드러내는 장치로 작용합니다.

4. 자연 속의 휴식과 내면적 평화

마지막 부분에서 시인은 내린천 계곡에 마련한 자신의 휴식처를 묘사합니다. '일 년 열두 달 물이 흐르는 계곡', '별들이 쏟아져 내리는 창가'와 같은 이미지는 자연과 더불어 사는 이상적 삶의 풍경을 드러냅니다. 또한 '사랑하는 아내와 나란히 누워 하늘을 바라본다'는 문장은 개인적 행복과 부부의 연대를 은유적으로 담아내며, 작품 전체를 따뜻한 정서로 마무리합니다.

5. 종합적 평가

「내린천의 추억」은 산문적 리듬과 서정적 정서를 결합한 작품으로, 한 세대 가장의 노동과 가족애, 내린천의 구체적 풍광, 공동체적 체험의 기록, 자연 속 안식의 발견을 유기적으로 연결합니다. 다소 긴 서사와 사실적 묘사로 인해 '시'라기보다 '시적 산문' 혹은 '서사시적 산문'의 성격이 강합니다. 그러나 이러한 형식은 오히려 독자로 하여금 작가와 함께 내린천을 여행하고, 그 속에서 삶과 예술, 인간적 유대를 체험하게 하는 효과를 줍니다.

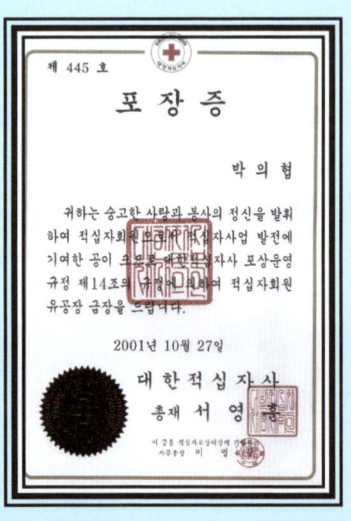

2001년 대한적십자 회원 유공훈장

제3부
수필 모음

문제가 있으면
방법도 있다

하루도 같은 날은 없다. 언제나 새로운 문제를 접하며 살아가야 한다.

지성이면 감천이다. 어려운 일이 있을 때, 하고자 하는 일이 보통의 노력으로는 불가능할 때 지극한 정성을 들이면 하늘도 감동해서 도와주며 어려움을 해결할 수 있게 된다는 말이다.

"구하라 주실 것이요, 두드려라 열릴 것이다."

성서의 말도 같은 뜻이다. 우리가 살아가는데 늘 어려움은 있고, 인간의 힘으로 해결할 수 없는 일들이 있기에, 어느 때는 불가능에 가까워 좌절과 절망을 느끼게 될 때 새겨야 할 말이다.

"내 사전에는 불가능이란 없다."

나폴레옹의 말도 마찬가지다. 회생 불가능한 기업을 3년 만에 세계 제1위의 업계로 만든 한국전기초자 사장인 서두칠 박사의 업적도 이와 같다. 인간이 할 수 있는 최선의 노력을 했을 뿐이므로 기적을 이룬 것이 아니라며 『우리는 기적이라 말하지 않는다』라는 책을 썼다.

정주영 현대그룹 명예 회장은 『시련은 있어도 실패는 없다』란 책을 펴냈다.

이런 말들은 문제가 많고 시련이 많은 인간의 삶에 대한 문제의 해결을 접근하는 자세나 각오를 가르쳐 준 지침들이다.

　때로는 힘든 일들을 꼭 해야 하고, 불가능에 가까운 일을 맞이 했을 때, 문제는 문제가 있다는 것이 문제가 아니고 문제 앞에서 희망과 이상을 갖지 않고 좌절하는 것이 문제다.

　'사람은 나이를 먹어서 늙는 것이 아니라 이상을 잃어버릴 때 늙는다.'
　사무엘 울만은 청춘이란 시에서 이렇게 말했다. 사람이 이상을 잃고 희망이 없으면 아무것도 해 낼 수 없으며, 이상과 희망을 잃으면 삶의 참 행복도 찾을 수 없다.

　우리 민족은 단군의 단일 민족으로 오천 년의 역사 속에서 크고 작은 외침으로 무수히 많은 어려움을 겪고 살아왔다. 한일합방이란 국란을 겪으며 조국을 잃었던 상처도 갖고 있다. 남북이 분단되고, 6.25동란을 치르면서 무수한 젊은이들의 인명과 국민의 생존권이 무너졌고, 헤아릴 수 없는 많은 국부를 손실 당했으나 그때마다 희망을 잃지 않고 문제를 해결하려는 의지와 지혜로 어려움을 극복해낸 강인한 민족이다.

　우리 민족은 지금 선진국 반열에 진입하고 있다. 월드컵에서 4강의 신화도 이루었고, 유럽을 비롯한 선진국의 눈치만 보고 살아왔던 과거를 청산하고 온 국민의 자존심을 세계에 떨치고 있다. 월드컵 4강 신화는 한국 축구의 병폐인 특정 대학의 계보와 인맥을 무시하고 연령에 관계없이 오직 실력만을 위주로 선수를 선발한 히딩크 감독의 문제 해결 방법으로 달성한 성공 사례라 하겠다.

제3공화국의 남덕우 국무총리는 그 취임사에서 자신이 국정을 수행하는 동안 어려운 문제를 접할 것이나 문제가 있으면 이를 해결할 방법 또한 있으니 긍정적으로 직무를 수행하겠다 했다. 그는 정부 수립 이후에 가장 장수한 총리가 됐다.

세상의 모든 일은 문제를 안고 시작되며 문제를 피하는 것이 아니라 접근해서 그 문제를 풀어 가야만 한다. 일에 문제가 없으면 발전도 없으며, 또 문제를 해결하는 보람도 없다. 물론 모든 일을 해결하는데 절대적으로 완전한 방법은 없으므로 상대적으로 문제가 적은 쪽에서 선택해야 한다.

문제는 이래도 있고 저래도 있다. 그리고 문제가 있는 만큼 반드시 문제를 푸는 방법 또한 있다. 그 방법을 찾으려면 먼저 매사에 긍정적이고 적극적인 사고로 문제를 풀어나가야 한다. 긍정적인 삶의 습관을 평소에 챙겨나가야 한다.

0.5촌과
1.5촌의 관계

한번은 노 은사님을 모시는 자리에 친형제처럼 지내던 후배들이 함께 했다. 우리는 한 스승의 혈통을 이어받은 사이다. 한 혈육이라고 해도 무방할 터였다. 서로가 정말 어려울 때 대신 문제를 떠맡을 정도로 각별한 관계를 유지하며 살아왔다.

그때 선생님께서 『신친족상속법론(新親族相續法論)』이란 책을 주셨다. 순간적으로 표지를 넘기니 '박의협 회장 혜존(朴義俠 會長 惠存) 저자 김용한(金容漢)'이 친필로 적혀 있었다. 잠시 동안 할 말을 잊었다. 감사함은 물론이고, 그 연세에 책을 출간하신 것에 대한 감동 때문이었다.

그 자리에서 나는 한국 민법학계에 거두시며 친족상속법에 권위자이신 석학 앞에서 법에 없는 '1.5촌론'을 펼치기 시작했다. 옆에 있는 교수 문흥안 후배를 바라보았다. 나에게는 동생이 없다. 문흥안 교수는 형이 없다. 그런 연고로 우리 둘은 형제로 지낸 지 오래다. 친형제보다 가까운 우리의 사이를 선생님 역시 잘 알고 계셨다. 선생님께 우리 둘의 사이를 '1.5촌'이라 했다. 부부는 무촌이고, 부자는 1촌이요, 형제는 2촌인데, 우리는 부자와 형제의 중간인 1.5촌이라 말씀드린 것이다.

선생님은 상당한 일리가 있다며 고개를 끄덕이셨다. 친형제 이상으로 서로 사랑하고 좋아하며 네 것 내 것 가리지 않고 나누어 쓰는 우리로서 당연히 그리해야 한다는 것이었다. 그 자리에서 선생님의 인증을 받으며 우리의 사이를 1.5촌이라고 선포했음은 물론이었다. 나는 친형제보다 때로는 그들을 더 좋아한다. 그만큼 그들과 나의 관계가 사랑과 신뢰로 맺어있기 때문이다.

나의 말을 들으신 선생님께서 갑자기 이색적인 제안을 하셨다. 그 자리에 모인 사람들은 선생님께서 거의 다 주례를 서주신 관계였는데, 선생님은 이번 기회에 나에게 주례 동문회를 소집하라고 하셨다. 그래서 즉각 빠른 시일 내에 소집하겠다고 말씀드렸다. 대답을 마침과 동시에 질문을 던졌다.

"선생님과 저는 몇 촌일까요?"

그러자 즉각 답이 나왔다.

"박 회장과 나는 0.5촌이지."

순간 눈물이 핑 도는 듯했다. 당신께서 부자보다 더 가까운 0.5촌이라 인정해주신 것이다. 그만큼 제자들에 대한 사랑이 크심을 역설하신 것이라 감동을 받은 것이다.

1995년에 이천에 사는 친지 다섯 사람이 강원도 인제의 내린천 변에 자그마한 집 하나를 마련하고 입주식을 한 적이 있었다. 그날 우리는 우정과 결속을 다지면서 우리들은 1.5촌 사이라고 했다. 그 뜻은 사실상 형제보다 가까이 자주 만나고 도우며 정을 나누는 사랑하는 사이라는 것을 의미했다. 그 말에 모두들 동의했고 지금까지도 변치 않고 의지하며 서로를 돕고 살아가고 있다.

　법률적으로 성립할 수 없는 0.5촌으로 살아가는 스승과 제자, 사실상 친형제보다 더 가까이 지내는 1.5촌 관계의 형제들, 이런 사이들이 우리의 삶에 따뜻한 정을 느끼게 한다. 우리는 지금도 행복하게 서로의 관계를 소중히 여기며 살아가고 있다.

인연(김경신 작 Oil painting canvas)

내가
먼저 변해야

하나의 모과나무는 흙과 물과 햇볕과 공기를 스스로 이용하며 자란다. 그리고 성장하기 위해 해마다 자신의 껍질을 벗겨가며 새 옷으로 갈아입어야 한다. 뱀과 같은 파충류는 껍질을 벗으며 생존하고 있다. 이처럼 자연은 스스로 생존을 위해 새 옷을 갈아 입으며 변하고 있다. 변하지 못하는 것이 있다면 그것은 이미 죽었거나 죽게 될 것들일 것이다.

사람도 고정관념을 버려야 새로운 것을 받아들일 수 있다. 사람들은 변화를 원하면서도 새로운 변화가 가져다주는 위험과 고통 때문에 도전하지 못하고 주저하며 변하려 하지 않는다.

세상은 급속도로 변해가고 있다. 과학의 발달과 정보 사회의 발전으로 인해 스스로 변화해 간다. 부모와 자식, 신세대와 기성세대, 심지어는 젊은이 자신들 간에도 보이지 않는 세대 차이를 느끼는 경우를 많이 본다. 많은 부문에서 원치 않는 방향으로 변해가면서 다양한 사회문제를 일으키고 있다.

요즘 1.19명이란 저 출산율은 국가의 장래를 어둡게 하고 있다. 젊은 부부들이 출산을 하지 않는 이유는 당장 편하고 힘든 일을 기피하려는 심리부터 경제문제, 교육문제 등등 여러 가지 문제가 있겠으나 나라의 장래를 생각한다면 어떤 이유도 정당화할 수 없다.

사회적인 물의를 일으킨 군부대 총기난사 사건은 군의 기강이 해이된 점도 있겠지만 그보다는 그 병사가 자라난 성장과정에 문제가 있다고 생각된다. 우선 그를 기른 부모가 남을 배려하는 교육을 시키지 못한 데서 그 원인을 찾아볼 수 있다. 힘들어도 땀 흘려 수고하는 인성교육의 결핍으로 고통스럽고 어려운 일을 참아내는 인내심을 가르치지 못한 데서 일어난 사건이라 보기 때문이다.

이런 현실에서 누가, 누구를, 어떻게 고쳐 나가고 변화시킬 것인가? 정확한 답을 내리기는 쉽지 않다. 하지만 이것만은 분명하다. 남을 변화시키기 위해서는 자신이 변해야 한다. 그러려면 우선 자신을 이겨야 한다. 몽골제국을 이끌었던 위대한 영웅 징기스칸은 말했다.

"적은 밖에 있는 것이 아니라 내 안에 있다. 나는 내게 거추장스러운 것은 깡그리 쓸어버렸다. 나를 극복하는 순간 나는 징기스칸이 되었다."

누구나 새로워지며 변하기를 바란다. 그러면서도 자신은 새로워지지 못하고 남들만이 새로워지기를 바란다. 내가 변할 자신이 없는 것은 남에게 요구하지 말아야 하고 내가 변한 다음 남에게 권유해야 한다.

이노베이션(Innovation), 대기업의 홍보문구다. 그들은 생존을 위해 혁신과 개혁을 주장하고 있다. 오늘의 사회는 잘못된 생각, 잘못된 습관, 잘못된 관행 등 옳지 못한 모든 것들을 변화시켜 새로워져야 한다.

변화의 출발점은 생각이다. 생각이 변해야 행동이 변하고, 행동이 변해야 습관이 변하며, 습관이 변해야 사회가 변한다.

생각이 변하지 못하는 것은 항상 습관적으로 행동하기 때문이다. 따라서 좋지 못한 습관에서 스스로 벗어나야 한다.

하루에 떠오르는 5~6만여 가지의 생각 중 대부분은 전에 한번쯤 생각했던 것을 반복해서 생각하는 것이고, 그 중 5% 정도만 새롭게 생각해내는 아이디어라 하는데 이것이 새로운 변화를 주는 생각이다.

어느 성공회 대주교는 세상을 바꿔보려고 했으나 끝내 그 뜻을 이루지 못하고 죽음을 맞이하면서 깨달은 글을 비문에 새겨 놓았다.

"나는 상상력이 풍부할 때 세상을 변화시킬 수 있다고 생각했으나, 나이가 들고 지혜를 얻고 나니 세상이 변하지 않으리라는 것을 알았고, 그래서 범위를 좁혀 우선 사회와 내 가족만이라도 변화를 시키겠다고 하였으나, 역시 아무것도 달라진 것이 없었다는 것을 알았다. 만약 내가 내 자신을 먼저 변화시켰더라면, 그것을 보고 내 가족이 변화되었을 것을, 그리고 내 가족이 변한 것을 보고, 이 사회가 변화되었을런지도…."

지금 우리 사회는 변화해야 할 것이 너무 많다. 이 변화를 주도하는 것은 사람이고, 우리 각자의 역할이다. 변화를 위해서는 너나 할 것 없이 내 자신부터 변하도록 실천해야 한다.

국가의 장래를 위태롭게 하는 저 출산문제, 기강이 해이된 군부대 사건을 지탄하기 전에 내 자식을 잘못 기르고 가르친 부모로서 내 자신의 책임을 느끼는 뼈아픈 반성이 필요하다.

무너져가는 도덕성의 상실을 한탄하기 전에 나 스스로 작은 일부터 시작해서 하나하나 다져가는 도덕적 생활을 실천하는 일만이 오늘의 병든 사회를 구할 수 있다.

내가 변해야 가족도 변하고, 사회도 변화시켜 좀더 나은 세상을 만들 수 있다.

너구리와의
만남

　만남이란 모든 일의 시작이며 생활의 연(緣)을 잇는 동기를 부여한다. 만남으로 인해 잘되는 선연(善緣)이 있을 수 있고 잘못된 악연(惡緣)이 있을 수 있다.

　악연일 때는 차라리 만나지 않았으면 좋았을 것을 하며 후회해 보지만 만남은 다분히 운명적인 것 같다. "원수는 외나무다리에서 만난다"는 속담이 그냥 생긴 것이 아니다.

　나는 특별한 일이 없으면 매일 새벽 6시를 전후해서 뒷산인 망현산에 오른다. 집에서 출발해서 신송약수터를 지나 이천여자정보고등학교 뒷봉으로 계속 내려가면 사음리에서 송정4리 구자골로 넘어가는 길인데, 산책하기에 아주 좋은 등산코스로 왕복 1시간 30분 정도 소요된다.

　어느 날 평상시보다 30여분 일찍 출발한 관계로 목적지에 도달해 보니 시간의 여유가 있었다. 그때 앞에 보이는 나즈막한 산의 형상을 보고 호기심이 일었다. 그래서 길이 제대로 형성되지도 않은 어설픈 길을 따라 오르기 시작해서 300여 미터쯤 이르는 순간 앞에 개 비슷한 동물을 발견하고, 다가가 보니 너구리였다.

이 놈은 나를 보고 비명(?)을 지르며 도망가려 했으나 올가미에 걸려있었다. 급히 나무에 매인 철사를 푼 다음 목을 조이는 올무를 풀려 했으나 자기를 해치려는 줄 알았는지 물려고 저항하는 바람에 한참을 실랑이하던 끝에 풀어서 놓아줄 수 있었다.

일을 다 보고 그 위치를 다시 살펴본 후 되돌아오면서 만남이란 것에 대하여 생각하게 되었다. 만약 올무 주인을 더 먼저 만났더라면 너구리는 살아남지 못했을 것이다.
그럼 그 너구리는 어떻게 나를 먼저 만났을까. 내가 그날 따라 일찍 일어났기 때문일까. 일찍 일어났다 하더라도 정기 코스가 아닌 앞산을 갔기 때문인데, 왜 그 앞산에 대한 가보고 싶은 호기심이 일었을까. 그리고 그 순간에 왜 너구리를 놓아주고 싶었을까. 너구리가 걸려있는 시간에 다른 사람보다 먼저 그곳을 지나가게 되었을까. 등등 알 수 없는 의문이 꼬리를 물고 수없이 지나간다. 누가 너구리와 나와의 만남을 주선했을까? 우연일까? 아니면 신의 주선일까? 그러다 그 해답을 얻지 못하고 아마도 너구리가 살 명(命)이 되어서 나를 만났겠지 하며 끝을 냈다.

우리는 하루에 몇 번씩 새로운 사건 사고를 만나게 된다. 사람이든 사물이든 만남으로 시작해서 만남으로 끝이 난다. 삶도 출생이란 만남으로 시작해서 죽음이란 만남으로 끝이 난다.

만남은 모든 일의 시작이며 끝인 것이므로 아주 중요하다. 우리 생활에 전부인 것 같이 어떤 사람을 만나든, 어떤 일을 만나든, 필연적으로 만나고 헤어지는 것이라면 우리는 적어도 만남의 소중함과 가치에 대하여 깊이 생각해보고 정립해볼 필요가 있다.

만남은 공간적으로 큰 의미를 부여한다. 내가 너구리를 그때 그 장소에서 만났기에 큰 뜻이 있는 것이다. 너구리가 죽어있을 때 만났으면 아무 의미가 없다. 꼭 필요할 때의 만남은 좋은 인연으로 이어져 나가도록 해야 함이 중요하다. 배고플 때 빵을 만나야 의미가 있고, 배부를 때 만나는 빵의 만남은 의미가 없다. 외로울 때 친구가 필요하고, 괴로울 때 격려와 이해를 해주는 사람이 필요하다. 어려울 때 도와주는 사람과의 만남이 필요하다.

인간은 혈육의 만남으로부터 시작해서 친구의 만남, 이웃의 만남, 사회의 만남, 배우자와의 만남 다시 혈육의 만남으로 연속된다. 자식은 부모를, 부모는 자식을 잘 만나야 한다. 제자는 훌륭한 스승을 잘 만나야 하며 결혼은 배우자를 잘 만나는 인연이 있어야 한다. 나라가 어려울 때는 훌륭한 지도자와의 만남이 더욱 중요하다. 한 나라의 지도자는 하늘이 내리신다고 했는데 지난 날의 그분들과의 만남이 왜 이렇게 불행할 수가 있는지 도무지 알 수가 없다.

오래 전에 어느 목사의 아들이 살해당한 사건이 있었

다. 그때 그 목사님은 자식을 살해한 살인범과는 만나서는 안 될 악연이었다. 그러나 목사님은 그를 수양아들로 삼은 일이 있었다. 많은 사람들은 그 기사를 보고 만나선 안 될 만남이지만 만남은 인위적으로 할 수 없다는 만남에 대한 진실된 가치성을 깨달았다. 물론 그분은 성직자였다. 사랑이 어떤 것인지 용서가 무엇인지 깨달음이 있으신 분으로 그를 미워하고 저주하기보다는, 용서하고 사랑함으로써 죽은 자식의 혼을 달래고 살인범을 새로운 사람으로 감화시켜 자식으로 삼았던 것이다. 우리가 깊이 기억해야 할 악연을 좋은 인연으로 승화시킨 이야기다.

만남은 중요하다. 악연을 선연으로 승화시킬 수 있다면 우리의 생활은 더욱 행복해 질 수 있다.

우리의 만남을 함부로 헛되이 여기어 좋은 인연도 악연이 되어 올가미를 놓은 주인과 너구리의 만남이 되지 않도록 지혜로운 삶이 필요치 않을까 생각해 본다.

라이타돌의
교훈

　가까운 친구 다섯이 1박 2일로 휴가를 다녀왔다. 그 자리에서 우리는 각자의 자라난 이야기와 인생담을 하느라 밤이 깊은 줄도 모르고 정담을 나눴다.

　네 사람은 읍내에서 같이 자랐고, 한 친구는 읍내에서 시오리 떨어진 면소재지에서 자랐다. 그는 매일 걸어서 읍내에 있는 중고등학교를 다녔다. 대부분의 학생들이 으레 걸어서 다니는 것으로 생활화되어 있었다.

　면소재지에 사는 친구가 초등학교 입학 전인 예닐곱 살 때를 이야기했다. 하루는 아버지가 늦은 저녁에 부르시더니 지금 읍내에 가서 라이타돌을 사오라 하셨다. 그는 저녁이라 무서운 맘이 들었으나 엄하신 아버님 명을 거역할 수 없어 뛰어서 읍내에 있는 아버지 친구분이 경영하는 라이타 가게에 가서 몇 원을 주고 라이타돌 2개를 사가지고 부지런히 집에 돌아와 아버지께 전해 드렸다. 이때 그는 칭찬을 들을 줄 알았으나, 아버지는 칭찬은커녕 심부름을 잘못했다고 호통을 치시는 것이 아닌가? 친구가 무엇을 잘못 했는가를 여쭈었더니 "이놈아, 심부름을 제대로 해야지. 라이타돌이 왜 하나는 크고 하나는 작은 것을 사 왔느냐?"고 하셨다. 자세히 보니 하나는 조금 크고 다른 하나는 작아 보였다.

　읍내까지 가는 데는 고개를 하나 넘어야 하는데. 이

곳은 험하고 주위가 깊은 산이라 여우가 자주 나타난다 하여 여우작고개라 했다. 늦은 시간에는 어른들도 혼자 못 다녀서 여럿이 무리를 지어 다니곤 했다. 얼마나 무서운지 온몸이 오싹오싹, 머리끝이 쭈뼛쭈뼛 선다는 고개였다.

아버지는 당장 작은 것을 읍내에 가서 바꿔 오라고 하셨다. 그는 하는 수 없이 읍내에 가서 주인에게 라이타돌을 큰 것으로 바꿔 오라 해서 다시 왔다 했더니 가게 주인은 아버님의 속마음을 아신 듯 빙그레 웃으시며 큰 것으로 골라 주고는 늦었으니 얼른 집으로 돌아가라 하셨다.

라이타돌은 다음 날 바꿔도 될 일인데, 그 늦은 저녁에 어린 자식을 홀로 보낸 이유를 그 당시에는 알 수가 없었다. 아버님은 친구를 매사에 관찰력을 갖게 하고, 무서움과 어려움을 이겨내는 담력을 길러 주는 훈련을 시켜서 앞으로 혼자 살아가는데 필요한 자립심을 갖게 했던 것이다.

중학교 1학년 때 부친은 돌아가셨고, 친구는 학교 다니랴 집안일 하랴 시간이 없었다. 달밤에도 앞밭의 보리를 밤새워 베고 나면 옆집에 사시는 삼촌이 "어제 저녁에 있던 보리가 어떻게 된 거냐?" 할 만큼 어린 나이에 집안일을 다하며 학교를 다녔다.

대학 재학 시절에는 먹지 못하고 힘들어 겨울 저녁 늦게 서울역 지하도에 쓰러진 적도 있었다. 다행히 행인에 의해서 발견되어 살아났다는 말을 듣고 우리는 많은 감명을 받았다.

　그후 대학을 졸업하고 1970년 1월 1일자로 병무청에 공채로 들어갔다. 강원도 병무청에 초임 발령 받고 7년 간 근무했다. 그는 2002년 7월 13일자로 금의환향(錦衣還鄕)해서 병무청장으로 부임하여 강원도 병무행정을 총괄(總括)했다.

　그때 아버님이 여우작고개를 넘어 라이타돌을 바꿔 오라 호통을 안 치셨다면 오늘의 청장이 있었을까?
　아버님은 집안이 넉넉한 살림에 일꾼을 두고 있었음 에도 불구하고 초등학교 4,5학년 때부터 읍내로 참외를 팔아 오는 일부터 나무를 져다 파는 일까지 집안 모든 일을 직접 참여시켜 하도록 했다.
　친구는 아버지의 가르침으로 오늘의 내가 있었다며 덤덤하게 말했다.

　요즘 부모들은 아이들을 움속의 파처럼 자라고 있으 며 다칠새라 깨질새라 떠받들어 키우고 있다. 이렇게 자란 아이들은 남을 생각할 줄 모르고 자기만을 아는 반사회성을 갖게 된다. 남을 생각하는 양보심이 결여되 어 있으며 인내심이 부족하다. 참으로 안타까운 일이다.

　친구의 아버님은 강인한 정신력과 근면한 체력을 갖 게 하려고 험한 일도 가리지 않고 시켰다. 사회인으로 서 갖춰야 할 면면을 심어주신 것이다. 당신의 가르침 은 오늘의 부모들에게 시사하는 바가 크다.

어려서부터 고생과 시련 속에서 살아가는 지혜를 스스로 터득하도록 하신 것이다. 요즘 부모들에게 어떻게 해야 자식을 바르게 키울 수 있는지 많은 생각을 하게 한다.

빛(김경신 작 Oil painting canvas)

시련과 고뇌

사람이 살아가는 데는 시련이 있기 마련이다. 시련은 때로 연속적으로 일어나기도 한다. 그러나 시련은 고통만을 주는 것이 아니라 반대로 인생에 있어서 커다란 도움을 주기도 한다.

나는 육성회장 3년, 운영위원장 3년, 모두 6년 간을 일해왔다. 이제 자리에서 물러나는 입장에서 내가 겪어온 삶의 시련을 소개하는 것도 학생들에게 도움이 될 것 같아 간단히 적어본다.

대학재학 시절 사법시험을 준비할 때다. 몇 차례 떨어졌다. 삶에 대한 회의가 밀려와 한마디로 공부가 지겨웠다. 그때의 심정은 겪어본 사람만이 알 수 있을 것이다.

친구끼리 모여서 "우리가 결혼해서 자식을 낳으면 다 같이 대학을 보내지 말자"고 약속 아닌 결의를 한 일도 있다. 오죽 공부가 지겨우면 이와 같은 결의를 했겠는가?

그렇지만 우리는 정작 아무 변화도 개선도 없이 여전히 책과 싸우느라 시간에 노예가 되어 그 굴레를 벗어나지 못했다. 법과대학생이면 가야 할 기본적인 진로가 고시이기 때문이다. 나도 몇 번 떨어졌지만 결코 포기할 수 없어 책을 놓지 못했다.

그때 나는 건국대학교 이부대학 법학과 졸업예정자로 졸업 후에 본격적으로 공부하기 위해 낮에 다니던 작은 개인 사무소를 그만두고 절에 들어가기로 했다. 고향에 계신 큰 형님께 공부하는 동안 뒷돈을 부탁하면서 그 재원 마련으로 노천양계 600수를 시작했다. 그러나 갑작스런 불행한 일이 발생했다. 건강하시던 큰 형님이 48세의 젊은 나이에 그해 겨울 주사 쇼크로 타계하셨다. 형님이 돌아가신 충격에 근근히 모아 시작한 양계를 형수님께 조카 6남매 양육비에 보태 쓰시라고 넘겨드리고 나니 빈손이 됐다.

이때 나에게는 고시의 운이 떠나가는 것을 느꼈다. 다시 번민하지 않을 수 없었다. 형제의 도움 없이 스스로 서보려는 꿈이 깨지고 고시란 악몽 속에서 깨어나지 못하는 현실에 가슴이 아팠다.

'신이시여, 당신이 계시다면 나에게 무엇을 주셨기에 이런 견디기 어려운 시련을 주시는가요? 아버지는 모르고 자랐고 어머니마저 초등학교 4학년때 데려가셨으면 그만이시지 아버지격인 형님마저 데려가시다니요? 막내로 부모 없이 자란 저에게 도움은 주지 못할 망정 공부하려고 준비한 양계마저 빼앗아 가시는 당신의 뜻은 저에게는 너무 가혹한 형벌이 아니십니까? 좋은 일이 아니거든 그냥 좀 넘어가시면 아니 되시겠습니까?'

애원도 하고 원망도 하며 수없이 많은 밤을 지새우며 고뇌와 번민 속에서 헤어나지 못했다. 그러다 보니 체

중은 50여 키로로 몹시 여위어 있었다.

그렇게 몇 달이 흘렀다. 해결되는 것은 아무것도 없었고 사람만 추해졌다. 나는 주변을 가다듬고 다시 공부를 시작했다. 이제 겪을 것은 다 겪었는데, 또 무엇이 두려우랴. 나에게 시련이 있다면 이제 죽음밖에 없다는 생각을 하니 오히려 마음이 편안하고 안정을 찾을 수 있었다.

그해 1972년 가을에 우연히 법률신문에 법무사 자격고시가 처음 공고된 것을 보고 아무 부담 없이 시험을 치렀다. 시험은 생각보다 어려웠고 별다른 기대를 하지 않았다. 합격자 발표가 난 줄도 몰랐는데 친구가 찾아와서 시험에 된 것 같으니 법원에 가보라 해서 확인했더니 4명 합격에 수석을 했다는 것이었다. 응시자 대부분이 나 같은 처지에 있는 사람이고 근 100:1의 경쟁이었는데 내가 합격했다니 믿어지지 않았다.

내가 합격한 것은 가장 실력이 좋아서도 아니었고, 시험을 특히 잘 봐서도 아니었다. 다만 다른 사람이 잘못 봤기 때문이란 생각이 들면서 신은 나에게 자라면서 다른 사람보다 많은 시련과 고통을 주셨지만, 이번에는 새로운 길을 열어주신 것이란 생각이 들었다.

그간의 시련과 연단을 통해 겸손해야 한다는 교훈을 가르쳐 주셨고, 가난하고 불쌍한 이웃을 사랑할 수 있도록 헐벗고 배고픈 어려움을 체험케 하신 신께 감사드리며 이제야 나 같은 미물을 사랑해 주시는 당신께 머리 숙여 감사의 기도를 드리지 아니할 수 없었다.

법무사 시험에 된 것이 보잘것없는 일이긴 하지만 나에게는 오늘이 있게 한 근원이므로 늘 감사하며, 그래서 학교일도 즐겁고 힘들지 않게 했는지 모른다.

내가 남의 도움으로 공부했으니 나도 남을 돕는다는 것은 당연한 일이기에, 힘이 닿는 대로 후학을 양성하는데 노력할 것이며 아직 못다 갚은 은덕의 빚을 성의껏 상환할 생각이다.

세상에
이런 삶이

　가난을 겪은 사람은 없는 자의 쓰라린 아픔을 알게
되고, 부모가 없이 자란 사람은 인생의 가련함을 알게
된다. 고통은 안내를 배우게 하고, 시련을 겪어야 강해
진다. 반성할 줄 알아야 자신의 참모습을 발견하며 겸
손을 깨닫게 된다.

　설봉공원에서 장애인의 날을 맞이하여 엘리엘동산의
중증장애인이 마라톤을 하는 행사에 참석했다. 이들의
대부분은 육체적 정신적 2중 3중 장애인으로 보기에도
끔찍하리만치 심한 사람들이다. 그러나 그들은 마냥 즐
거워했고 행복해 했다. 그런 신체적 조건 속에서도 행
복은 있고 즐거움이 있다는 사실이 퍽 다행스러웠다.
　나는 그들을 보면서 같이 즐겁고 행복이 무엇인지 깨
달았다. 행복은 건강한 사람에게만 있고 똑똑한 사람에
게만 있는 것이 아니다. 지체가 높고 낮음이 없이 인간
이 사는 곳에는 어디든지 어떤 환경에서도 모두 있음을
다시 한번 느꼈다.
　이들이 행복해하는 모습을 보면서 이 모든 것을 주관
하시는 신께 감사드렸다.

　"당신은 저들이 무슨 잘못이 있다고 이런 고난을 내
리셨나요. 해도 너무 가혹하십니다. 가능하시면 저들을

그 고난에서 건져내어 주시옵서소!"

　간전히 기도를 드렸다. 그들은 내 대신 우리 몫까지 맡아서 그렇게 태어났고 그런 삶을 살고 있다고 생각하니 그렇지 않은 나는 행복하다는 생각을 하면서 그동안 그들을 보고 만날 때만 감사하게 생각하고 잊고 살아온 내 삶이 부끄러웠다.

　이들은 많은 자원봉사자들의 도움을 받으며 마라톤 경주를 했다. 그들에게는 평생 처음 있는 대회이기도 했으며 그 의미는 올림픽 마라톤 경기보다 더 의의가 크다고 볼 수 있다.

　지체불구자인 그들은 누군가의 도움만을 기다리고 살아가고 있다. 그렇다고 자신들을 돕지 않는 이들을 원망도 하지 않고, 불행하다는 것도 잊으며 작은 도움에도 감사하며 살아가는 천사들이다.

　인간은 각자 능력의 차이가 있고 형편이 다르기 마련이다. 사람이 모두가 다 잘살거나 정상인일 수 없다. 동서고금을 막론하고 선진국이나 후진국을 망라하여 많은 사람들은 남의 도움으로 살아가야만 하는 운명을 갖고 태어난다.

　없는 자를 돕는 일은 있는 자의 몫이다. 병든 자와 장애자를 돕는 일은 정상인들의 몫이다. 내가 도움을 받지 않고 내가 장애인이 아닌 것만으로도 축복 받고 행복한 일일진데 가진 자와 정상인들이 그들을 돕는 일은 너무나도 당연한 일이다. 만일 내가 내 가족이 장애자였다면 얼마나 괴롭겠는가? 평생 가슴 아파해도 해결되지 않는 일이다.

인간이 선택한 것이 아니고 신이 정하는 것이라면 내가 장애인이 아니고 바보인 사람으로 선택되지 않은 것에 감사해야 한다. 그러므로 지금 소유하고 있는 재물과 능력은 누구로부터 받은 것이 틀림없으니 아낌없이 나눠주고 도와줘야 한다.

나는 비교적 많은 부분을 소유하는 축복을 받았다. 그러나 내가 갖고 있는 것은 내 것이 아니며, '소유의 개념'보다는 '관리와 점유의 개념'으로 생각한다.

내가 지금 소유하는 것은 전에는 다른 사람의 소유였고, 앞으로는 또 다시 다른 사람의 소유가 된다는 사실은 너무나 당연한데 우리는 이를 실감치 못하는 것 같다. 결국은 남의 것을 대신 관리하고 있는 것에 지나지 않음으로 내가 남을 돕는 것도 자랑할 일이 아니고, 아까워해서도 안 될 일이다.

우리 사회는 혈육의 상속에 대한 집착을 버리지 못하고 있다. 나의 혈육에 대하여 필요 이상으로 상속하려 한다. 그러므로 그 집착 때문에 꼭 필요한 이웃을 돕지 않는다는 것은 잘못된 사고라는 것을 알아야 한다.

이제 '의식의 전환'이 필요하다. 우리는 사랑하는 자식에게 물질적 유산보다 영원히 변치 않는 정신적 유산을 더 많이 남겨주도록 노력해야 할 것이다. 크게 보면 내 자식도 남과 다를 바 없고 남의 자식도 혈육과 다를 바가 없음을 주위에서 보아오고 있다. 시간이 가고 나이가 들면 들수록 그렇게 느끼게 된다. 우리의 인생은 가족과 같이 살아도 결국은 본인만이 홀로 외로이 떠나야 하기 때문이다.

열정(김경신 작 Oil painting canvas)

마라토너의
정신

마라톤 하면 베를린 올림픽 우승자인 故 손기정옹이 떠오른다. 그리고 1992년 바로셀로나 올림픽에서 우승한 황영조 선수와 앞으로 있을 아테네 올림픽에 출전한 이봉주 선수를 생각하게 된다.

마라톤의 역사는 BC 490년으로 본다. 아테네군이 침공을 해온 페르시아 군대를 마라톤 광야에서 대파하고 그 승리를 알리기 위해 한 병사가 약 40km의 먼 거리를 죽을 힘을 다해 달려와 간신히 아테네 성문에 도착하면서 병사는 감격의 목소리로 "우리 군대가 승리했다"라고 외치고 곧 그 자리에서 숨을 거두었다. 그를 기리기 위해 마라톤이 생겼고 올림픽종목으로 채택된 것이라 한다.

마라토너는 출전 30일 이내에 의사의 건강진단을 받은 사람이어야 하고 건강 상태가 좋지 않으면 출전할 수 없다. 완주거리인 42.195km에서 우승한다는 것은 자신이 갖고 있는 인간 한계의 투혼을 다해 달려야 가능한 일이다. 마라톤을 올림픽 경기의 꽃이라고 하는 이유가 여기에 있다. 마라토너에게 가장 중요한 것은 적절한 힘의 안배와 코스를 잘 운영하는 지혜다.

우리는 삶에서 무수히 많은 어려운 일을 접하게 된다. 이때 마라토너와 같은 정신이 필요하다. 사람은 언제나 땀을 흘려 일해야 하고 땀으로부터 귀한 대가를 얻는다.

파렴치하게 남의 재물을 빼앗으며 행패를 부리는 무리를 불한당(不汗黨)이라 한다. 땀을 안 흘리는 무리란 뜻이다. 우리 주위에는 이런 불한당이 많다. 노력하지 않고 결실만을 얻으려는 자, 적게 노력하고 많이 차지하려는 자, 자신의 분수를 지키지 못하고 지나치게 잘난 척하는 자들이 불한당이다. 부정한 방법으로 편취하여 잡혀가는 정치인들도 불한당에 속한다.

남편 없이 아들 형제만 데리고 가난하게 사는 부인이 있었다. 하루는 비가 억수 같이 쏟아지는데 추녀 밑 한 곳에서 통이 울리는 소리가 들렸다. 부인은 그 소리를 이상하게 생각하여 파 보았더니 독이 묻혀 있었고, 그 속에는 보화가 가득 들어 있었다.

부인은 어린 자식들하고 고생하지 않고 살 수 있는 많은 보물에 놀라면서 이젠 고생이 끝난 것 같아 좋아했다. 그러나 부인은 이내 두려웠다. 이 많은 재물이 땀 흘려 얻은 것이 아니라는 사실이 마음에 걸렸다. 힘 안 들이고 얻은 재산을 자식에게 알려주거나 물려줄 수 없다는 생각이 들었다.

부인은 자식을 바르게 키우는 데는 무엇보다도 중요한 것이 땀 흘려 노력하며 살아가는 생활 속에서 그 결과로 얻고 성취하는 것이 중요하다는 것을 잘 알고 있었다.

며칠 고민 끝에 자식들이 모르게 다시 더 깊은 곳에 묻어 두었다. 아들들이 어려운 환경에서 땀 흘리며 고

생하게 했다. 그래서 마침내 자식들이 큰 벼슬을 얻게 되었다.

인과응보(因果應報), 뿌린 대로 거둔다. 콩 심은 데 콩 나고 팥 심은 데 팥 난다. 원인이 있으면 결과가 있게 마련이다. 노력하지 않고 좋은 결과가 있다면 그것은 진정 얻어진 것이 아니므로 내 것이 아닐 것이다.

마라톤의 우승자로 월계관을 싫어하는 사람은 없다. 그러나 월계관은 최선을 다해 달린 마라토너에게만 주어진다. 고생이 많으면 보람도 크다. 노력을 많이 하면 차지하는 몫이 많아진다. 불한당과 같이 노력하지 않고 땀 흘리지 아니하는 자에게는 몫이 없거나 적은 것은 당연하다.

우리는 일상에서 무슨 일을 하든지 마라토너의 정신으로 최선을 다 하는 삶을 살아야 하겠다. 땀 흘린 다음의 휴식은 아주 귀하고 상쾌하다. 땀 흘린 자만이 휴식의 참된 의미를 향유할 자격이 있다. 노력하지 않고 얻는 것은 남의 것을 착취하는 것이요, 도적질하는 것이다.

갠지스강가의
사람들

　인도는 미래의 IT 산업에서 주목을 받는 나라다. 11억이 넘는 인적자원으로 중국에 이어 세계경쟁력이 높은 국가다.

　인도 하면 민족의 지도자 간디가 생각난다. 그는 비폭력 무저항주의자다. 그는 "무살생 비폭력은 가장 위대한 사랑이고 인간의 최상의 법칙이다"라고 주장하여 인도를 다스려 왔다.

　많은 권력자들이 무력과 힘을 내세워 문제를 해결하려 하고 있으나 결국은 많은 문제를 유발하게 된다. 아프간의 이슬람이 초강대국인 미국을 나 죽고 너 죽자로 공격한 9.11테러는 세계인들에게 무력으로 문제를 해결하려는 미국의 방법에 한계가 있음을 보여 줬다.

　인도의 간디와 같은 무저항 비폭력주의가 아니고 미국은 팍스-아메리카나(Pax Americana)의 미국 제일주의로 우월감을 갖고 행동해 왔기 때문에 그동안 침공과 지배를 당한 나라들은 살아 남기 위해 필사적으로 항전할 수밖에 없었고, 그 항전과 응징의 방법으로 나타난 결과가 바로 9.11테러인 것이다. 미국이 무력으로 아프가니스탄과 이라크를 침공해서 불러들인 결과다.

　과거나 지금이나 강대국들은 힘만 믿고 자기들의 국

익만을 내세워 세상을 불행하게 하고 있다. 인도의 지도자 간디는 독립을 위하여 노력하였으나 대영제국인 영국은 인도와 파키스탄을 분리하여 독립시키는 역사적인 결정을 내렸다. 이로 인해 양 국가는 형제이면서도 카인과 아벨과 같이 시기와 반목으로 항상 싸움을 하고 있다.

간디는 200살을 산다고 호언장담하였으나 1948년 1월 30일 나투람 고르세라는 반 이슬람 힌두교 광신자에게 저격당해 79세를 일기로 삶을 마감했다. 그의 비폭력 무저항주의는 인도인의 정치적 뿌리이며 신앙으로 신봉 받고 있다.

인도는 불교 신도들이 성지순례를 하는 국가이나 국민의 80%가 힌두교 신자들로 소(牛)를 우상화하고 있다. 소는 인도인들의 생존권보다 우선한다. 소는 어느 곳이나 활보한다. 심지어 고속도로에서 낮잠을 자도 차량들은 돌아가는 것을 당연하게 여기고 있다. 시장 내 과일 가게에서 소가 마음대로 먹어도 때리거나 내쫓지 못한다.

소가 나무그늘에 누워 자면 사람은 그 옆 자리가 있어야 쉴 수 있다. 좋은 자리는 소가 차지하고 그 다음이 사람의 몫이다.

갠지스강이 있는 바라나시는 혼잡하고 불결하기 짝이 없다. 사람과 자동차, 소와 짐승들로 뒤범벅이다. 그러나 이런 환경에서도 인도사람들은 아주 평화롭고 즐겁게 살아가고 있다.

우리의 상식으로는 분쟁과 갈등으로 크고 작은 사건들이 줄을 이을 것 같으나 그들은 무저항과 비폭력의 간디 사상 때문인지, 아니면 남을 배척하지 아니하고 상대방을 받아들이며 이해하고 융화하며 살아온 5천 년의 힌두교 정신 때문인지 아무 문제가 없다. 그 혼잡하고 무질서한 삶은 사람과 동물의 공생관계이며, 자연스러운 조화 속에 이루어진 참다운 평화였다.

주택과 하천은 50년대 청계천변의 난민생활보다 못하다. 개천에 흐르는 물은 각종 오폐수로 검게 물들어 있는데, 그곳에서 빨래를 한다. 그들은 화장실이 없다. 이른 아침이면 남녀노소 할 것 없이 깡통에 물을 담아 밖으로 나온다. 그리고 적당한 들판 아무 곳에서 용변을 보고 그 통에 든 물로 씻는다.

이들은 삶과 죽음을 구분하려 하지 않고 지금의 불행한 삶은 현실 그대로 받아들여 아무 갈등을 느끼지 않고 살아간다.

그들은 남을 탓하지 않는다. 심지어 고속도로에서 차량이 역주행을 하며 달려 와도 운전기사는 태연히 기다리며 피해 간다. 이런 삶을 사는 인도인들은 행복지수가 세계 최고 수준이다.

우리 일행이 바라나시 시장터를 거처 목적지인 갠지스강에 도착했을 때 강 주변은 온통 장사꾼과 관광객으로 아수라장이었다.

강가에는 차를 파는 사람, 빨래하는 사람, 목욕하는

사람, 보트 타는 사람 등등이 있었다. 검은 연기를 내는 노천 야외 화장장인 카트가 여러 곳에서 장작을 태우고 있었다. 우리는 그 주변을 보트에 타고 연꽃무늬의 촛불을 받아 갠지스강에 촛불을 띄었다. 시신은 들것에 들려 몇 구씩 순서를 기다린다. 시신을 장작불에 올리고, 그곳에서 태우고 타다 남은 상태 그대로 갠지스강에 버린다. 강에 버려진 것들은 검은 나무 조각처럼 보이는데 까마귀들이 앉아서 먹이로 쪼아댄다.

이곳 사람들은 이 강에서 목욕하고 빨래하며 그 물을 떠다가 차를 끓여 먹고 장사를 한다.

인도인들은 성스러운 이곳에 평생 세 번 오는 것이 소망이다. 한번은 태어날 때 와서 몸을 씻고, 두 번째는 결혼할 때 다시 찾아 목욕하고, 마지막은 죽어서 찾는 곳이다.

예부터 우리는 조상의 묘를 뒷동산에 모시고 살아왔다. 그리고 늘 찾아뵙고 절을 하며 섬겨왔는데, 요즘 주변에서 일어나고 있는 장례식장에 대한 투쟁적 반대는 세계 어느 나라에서도 찾아볼 수 없는 모순된 현상이다. 나도 죽고 너도 죽을 사람인데 장례식장이 없거나 화장장이 없다면, 그리고 납골당이 없다면 우리는 어디로 갈 것인가?

이것만은 정말 다시 생각해야 한다. 인도인들처럼 갠지스강에서 처리하는 것은 문제가 있더라도 그들의 죽음과 시신에 대한 의식만은 반드시 받아들여야 할 것이다. 갠지스강에 흐르는 물은 목욕에 적합하지 않은 상태다. 그러나 인도인들은 그 물을 성수로 생각하며 살아가고 있다. 이 물보다 더 더러운 것은 곧 인간의 욕심이요, 아집이다. 인도인들의 마음은 문명의 혜택을 누리고 사는 우리보다 청결하다.

인간은 물질과 힘으로 행복을 얻을 수 없다. 이 강가의 사람들은 죽음을 초월한 삶에 익숙해 있다. 못 살고 못 배워도 인간의 추하고 더러운 욕심이 없기에 청순하고 깨끗하다.

앞으로도 아집과 욕심 없는 갠지스강가의 사람들에 의하여 정화되며 영원히 흐르길 바란다.

바다는
강의 제왕

    인간은 누구나 높아지길 바란다. 그 목적을 달성하기 위해 노력한다. 공부를 하며 꾸준한 연구로 새로운 것들을 발명하고 있다. 열심히 사업해서 돈을 벌어가며 많은 것을 소유하고 그것을 통해 더욱 높아지고자 한다.

    사회는 이런 과정에서 발전하게 된다. 과학과 문명의 발달로 삶의 수준은 높아지고 문화 가치와 질을 향상해서 더 좋은 세상을 만들어 새로운 희망을 갖게 단다.

    그러나 인간의 욕망은 아무리 커도 한계가 있으며 세상의 모든 것들은 영원하지 못하고 유한하다. 어두움과 빛이 있듯이 좋고 나쁨과 높고 낮음이 함께 있다. 역사는 이것들이 순환적으로 교차하면서 세월이란 이름으로 반복하여 인류의 긴 역사를 이루고 있다.

    우리가 살고 있는 지구도 순환하며 변화를 되풀이하고 있다. 지금의 바다는 수십억 년 전에는 육지와 산이었다. 지금의 산은 태고적 바다였는데 지구의 순환으로 이뤄진 것이다.

    역사는 모든 것이 정반대로 바뀔 수 있음을 증명하고 있다. 사람의 생활과 처지도 이와 같다는 것을 알아야 한다. 권력이 크면 클수록 그 입장의 변화가 더 크게 달라지는 처지를 맞게 되고, 물질이 많으면 많을수록 큰 변화를 가져다 준다는 것을 요즘 정치인과 재벌들이 처한 현실을 통해 실감하고 있다.

사람은 높이 있을 때 낮아지기 시작하는 순환점으로 알고, 늘 낮아짐에 대비하며 사는 지혜를 가져야 한다. 그래야 못 사는 사람과 갖지 못한 자들이 출세도 하고 소유할 기회를 갖게 되는 것은 자연이 배려한 평등의 법칙이기 때문이다.

우리가 보고 느끼는 물방울과 강과 바다의 관계를 살펴보더라도 그러하다. 수많은 물방울이 모여 도랑을 이루고, 이 도랑들이 모여 개천을 이루며, 개천이 모여 강을 이루고, 강들이 모여 결국은 바다를 이룬다. 그래서인지 바다는 크고 작음을 탓하지 않으며, 많고 적음도 가리지 않고, 더럽고 깨끗함을 구별하지 않고 모두 다 있는 그대로 수용한다.

속담에 '바다는 강의 제왕'이란 말이 있다. 바다는 무한히 넓고 크며 모든 것을 포용하는 자비심을 갖고 있으나, 해일과 같은 무서운 힘으로 인간에게 재앙을 주기도 한다. 이처럼 바다가 모든 강의 제왕이 될 수 있는 이유는 그 어떤 강보다 가장 낮은 곳에 있기 때문이다.

우리는 바다가 낮은 곳에 위치한 이유와 섭리를 알아야 한다. 바다처럼 낮아져야 남을 이해하고 잘못을 용

서하며 많은 것을 포용하고 받아들이는 제왕의 면목을
갖출 수 있다.

어떻게 해야 높아지는 방법인지 생각지 않고 높아만
지려는 사람들, 높아지려면 낮아져야 하고 힘을 가지려
하면 낮은 곳에서 모든 것을 받아들여야 한다.

낮은 곳은 높음의 기초요 시작이니 높은 곳에만 집착
치 말고 낮은 곳에서 모든 것을 바라보며 모든 것을 받
아 드리는 생활 습관을 가져야 남에게 존경을 받는 삶
이 될 것이다.

스스로 높아지고자 하는 자는 낮아질 것이요, 낮아지
고자 하는 자는 높아질 것이다.

시련이
갖고 있는
존귀성

　금세기의 천재적 물리학자 스티븐 호킹은 뉴턴, 아인 슈타인의 뒤를 잇는 과학자로서 시간에 관한 이론, 우주와 창조자, 블랙홀의 비밀이라는 3대 이론을 밝힌 과학자다. 그가 정상인의 신체를 갖고 있었다면 과연 그는 그런 연구를 할 수 있었을까?

　호킹은 루게릭(근육무력증)이란 병에 걸려 전신이 마비된 채 휠체어에 의지하여 생활하는 신체불구자다. 오직 한손 끝으로 휠체어에 연결된 특수컴퓨터를 이용하여 글을 쓸 수밖에 없는 중증장애의 처절한 아픔이 있었다. 이 아픔을 극복하려는 의지와 자신이 정상인이 될 수 없다는 무력감에서 느끼는 절대적인 신의 존재를 깨닫고 창조자인 신의 위대함과 자연의 신비에 더 가까이 가려고 노력한 결과가 그를 세기적인 위대한 물리학자로 만든 것이라 생각된다.

　과학자뿐만 아니라 유명한 음악가 베토벤도 귓병을 앓기 시작하면서 불후의 명작 교향곡 5번 '운명'을 작곡했다. 거의 소리를 듣지 못할 지경에 이르렀을 때 작곡한 것이 교향곡 9번 '합창 환희'다.

　그는 사랑하는 여인과 이별하고 평생을 홀아비로 생을 마치는 비운의 운명이었다. 듣지 못하는 고통의 비참한 생 덕분에 다른 사람이 알 수 없는 신비의 영감 속에서 환희를 느끼며 작곡을 한 위대한 음악가다.

사람들에게 시련은 누가 주는 것이고 왜 필요한 것일까? 시련을 주셨기에 그들이 우주의 신비도 깨닫고 위대한 음악도 작곡하는 영감과 능력을 갖게 된 것은 아닐까?

인간은 누구나 완전하지 못하다. 능력 또한 천차만별이다. 그래서 사람들은 여러 면에서 불평등을 느끼고 있으나 이러한 불평등 속에서 질서가 있고 위대한 신의 섭리가 있는 게 아닐까?

힘 있는 자는 힘 없는 자를, 가진 자는 갖지 못한 자를, 권력 있는 자는 권력 없는 자들을 업신여기고 무시하며 부당한 대우와 행동을 강요하게 되면, 그로 인해 약자는 없는 것이 죄고, 모르는 것이 죄며, 힘없는 것이 죄란 생각을 하면서 "마치 소경이 개천 나무라면 무슨 소용인가? 내 눈 먼 탓해야지!"라며 자신을 포기하고 현실을 받아들이고 만다.

그러나 이러한 아픔과 시련은 단지 지금 있을 뿐이므로 지금의 고통과 시련을 벗어나려는 의지와 용기를 갖고 있어야 한다. 그것은 새로운 희망과 환희를 가져다준다. 스티븐 호킹과 베토벤의 생에서 배워야 한다.

오늘의 시련은 신의 특별한 섭리나 뜻이 계시기에 있는 것이 틀림없음을 확신하고 어려울수록 더욱 인내하고 노력해야 한다. 때로는 견디기 어려운 시련으로 절망과 좌절 속에서 벗어나지 못하고 신음하는 경우가 있다. 그러나 이런 시련은 좀더 나은 삶을 만들기 위한 수련의 과정이고 발전된 내일을 위한 약속이자 희망인 것을 알아야 한다.

예수도 십자가의 고난을 통하여, 석가도 고행 속에서 성인이 되었다. 오늘의 삶이 어려울수록 이 고통은 반대로 새로운 축복을 주시려는 신의 배려가 있는 것으로 생각해야 한다. 그러므로 용기를 잃어서는 안 된다.

신은 평등하신 분이다. 특별히 어려움을 주시면 이를 극복해야 그가 받은 고통보다 갑절의 축복을 하게 된다. 어쩔 수 없는 절망적인 장애가 있는 자를 물리학자로, 눈이 멀고 소리를 듣지 못하는 가혹한 장애인을 천재 음악가로 태어나게 하시고, 가난에 찌든 삶을 살아온 자에게는 없는 자의 아픔을 알게 해서 어려운 이웃을 돌보는 따뜻한 마음을 갖게하는 풍성한 인격을 주신다.

삶은 하나도 헛되고 우연한 일이 없으며 우리가 미처 모르는 가운데 신의 섭리가 있고 인과가 있다. 우리는 시련이 있을 때마다 이를 반가이 맞이할 수는 없지만, 시련과 연단을 통하여 자신이 강하게 되고 남이 겪지 못한 새로운 세계를 발견하며 다른 사람보다 성숙하게 되는 대가를 받게 된다.

살아
움직이는
돌

　자연은 위대하다. 인간은 자연 속에 하나의 아주 작은 미물로 살아 존재한다는 사실을 안다는 것, 그 자체만으로도 만족하다. 자연의 섭리와 흐름에 따라 살아갈 뿐, 어느 무엇도 거역할 수 없음은 너무나도 당연한 일이다.

　이런 인간이 자연을 두고, 이것은 내 것이요 저것은 당신의 것이란 말을 일상으로 하고 있다. 그러나 인간이 자연을 소유한다는 것은 내가 소유하는 것이 아니라 우리가 그 자연에 소속되어 있음을 뜻하는 것으로 이해해야 오히려 타당하다. 우리는 자연을 사랑하고 그 아름다움을 향유하면서 행복해 한다.

　어떤 사람은 수석을 좋아하고, 어떤 사람은 정원석을 좋아해서 수집하고 즐기며 만족해하고 있다. 신이 이를 다 창조하시고 주관하는 능력을 일일이 다 말할 수 없지만, 돌의 생성 과정을 통해서 조물주의 위대함을 다시 한번 발견하고 그 오묘한 걸작품을 경탄과 기쁨으로 감상하며 살아간다.

　정원에 서 있는 십이척이 넘는 우뚝 선 입석의 위풍은 젊은 20대의 기상을 연상케 한다. 줄기줄기 표면으로 나타난 검푸르고 힘찬 근육은 위로 뻗쳐 있어 하늘을 오를 것 같은 웅비의 젊음을 표창하고 있다. 누가 이렇게 젊게 만들었으며 큰 힘을 주었는지, 힘은 언제부터 받은 것이며 언제까지 소유할 것인지, 정말 인간의 유한함과는 전혀 다른 영원함 그 자체이다.

그 옆에 자리한 15톤짜리 다른 입석도, 봉과 계곡으로 큰 산의 수려하고 풍요함을 연출케 하고, 보이지 않고 숨겨진 내경의 아름다움은 신선과 선녀들의 휴식처가 될 만한 절경의 극치라 할 만하다. 눈 맞은 그들은 온몸을 흰옷으로 갈아입고, 비에 젖은 육체는 그 속살을 원색으로 드러내며, 여름 한낮에는 뜨거운 태양으로 달구어가며 피부를 곱게 마사지한다. 물먹은 계곡에는 푸른 색 이끼로 단장하고 행인이 쉬었다 가라는 듯 눈길을 끌게 한다.

사람 나이 아무리 많다 해도 비길 수 없고, 인간이 아무리 좋아하고 사랑하여도 누구도 질투 못함은, 그 위대함과 경외함 때문인가? 아니면 모든 사람의 사랑을 무한정 받을 수 있기 때문인가?

새벽에는 싱그러운 자태로 나를 반기고 낮에는 환한 웃음으로 맞이하며, 저녁에는 피곤한 나를 불러 쉬게 한다. 그를 물끄러미 바라보고 있노라면 종일 이런저런 일을 잊게 하고, 나의 삶과 돌의 삶을 비교케 한다.

지난 세월을 생각해도, 앞으로 살 날을 따져봐도 비교할 수 없는 절대적인 당신 앞에서 나의 미력함을 또다시 깨우치면서 숙연해 지고 겸손해 진다. 언제나 변함없는 당신의 굳은 이미지와 믿음은 조석으로 변하는 우리의 삶에 표본이 되고, 괴롭고 힘들어하는 우리에게

늘 변함없는 교훈을 준다.

　나를 보고 배우라 하며, 괴로움을 고뇌로 해결치 않고, 아픔을 근심으로 해결하지 않는, 무한한 인내와 영원한 혜안은, 한치 앞을 못 보는 인간의 가련한 삶에 등불이 되고, 지팡이가 된다.

　당신은 추우나 더우나, 맑으나 흐리나, 어두우나 밝으나 늘 제자리에 있으며 항시 나를 맞이해 준다.

　위대한 당신의 불변함에 나는 새로운 삶을 발견하고, 내게 잘하는 사람이나, 못하는 사람에 대해서 왜 나는 당신과 같이 기다리며 늘 변함없이 대하지 못하는지, 이 마음도 몇 시간 안 가서 변할까 염려하며 다시 한번 다짐한다.

　나는 이런 돌을 정원에 맞이할 때마다 큰 어려움과 수난을 겪는다. 붉은 벽돌담과 청기와 대문 때문에 내가 같이 살 돌을 들이지 못하고 있어, 생각 끝에 담과 대문을 철거하는 우를 범할 수밖에 없었다. 이번에는 아예 조립식 담으로 설치해서 돌을 들일 때마다 헐 수 있게 하고, 포크레인이나 크레인이 드나들 수 있도록 했다.

　그때 들어온 돌은 넓이 4미터 폭의 작은 소방도로를 통해서 들어왔다. 정원석은 길이 4미터, 높이 3미터, 15톤이나 되어서 몇 차례의 사전 답사와 전문가의 자문 끝에 추레일러를 이용해서 옮기는데 성공했다. 누구도 이 돌이 그 좁은 골목으로 들어 왔다고 믿을 사람이 없다. 그래서 나는 자주 물어보는 질문에 설명이 구차해

서, 장비가 못 들어와 내가 들고 들어 왔다고 농담하곤
한다.

　돌은 보는 사람의 지식이나 취미 그리고 기분에 따라
같이 변해 준다. 항상 변하지 않으면서도 늘 다른 기분
으로 우리를 맞이한다. 이 위대한 돌 앞에 나는 떠나더
라도, 그는 자연 속에서 무수히 일어나는 인간의 고뇌
와 희로애락을 지켜보며 영원히 남아 있을 것이다.

숨결(김경신 작 Oil painting canvas)

쎄로니의
생각

　우리는 살아가면서 이런저런 일을 겪으며 나름대로의 경험을 쌓고 스스로의 기준과 지식을 토대로 자신도 모르는 사이에 어떤 일에 대한 관념적 정의를 설정해 놓고 그 테두리를 벗어나지 못하는 잘못된 사고를 갖고 사는 경우가 많다. 이것을 고정관념이라고 한다.

　시내에 있는 친한 친구의 금은방에 가끔 들른다. 그 가게는 '쎄로니'라는 애완용 강아지를 기르는데 나만 가면 몹시 짓고 물려고 대든다. 그러나 진열장 안에서만 야단이지 통로로 나오지 않아서 그 연유를 물었다. 통로에 놓인 높이 20㎝가량의 통로 폭만한 나지막한 시계상자가 있는데 그것 때문에 못 나온다고 한다. 쎄로니는 진열장 안쪽에 있는 의자를 거쳐 자기 키의 10배 이상이나 되는 진열대 위를 올라오면서도 상자를 넘지 못하고 안에만 있는 것이다.
　친구는 쎄로니가 어렸을 때 못 나오게 그 상자로 막아놓고 넘어 나오면 때려주며 혼을 낸 일이 있다고 한다. 이때 혼이 난 영리한(?) 쎄로니는 다시는 상자를 넘어 다니나 봐라, 하고 결심을 한 모양이다. 쎄로니는 커서도 옛날의 경험을 기억하고 그 경험 때문에 그 안에서 상자를 치워 주지 않으면 나오지 못하고 있는 것이다.

얼마나 어리석고 답답한 일인가? 이런 잘못된 고정관념과 선입관념은 우리에게도 있음을 명심해야 한다.

10층에 근무하는 두 사람이 있다.

한 사람은 아주 성실하나 고정관념에 꽉 차 있는 사람이다. 이 사람은 늘 10층이나 되는 계단을 힘이 들어도 아무 생각 없이 몇 차례씩 그 많은 계단을 오르내리며 열심히 일하는 모범사원이 되었다.

다른 한 사람은 '이 10층이나 되는 계단을 걸어 올라가려면 온 힘을 다 써야 하니 이를 해결할 길이 없을까?'하며 새로운 방법을 모색했다. 그러다 엉뚱하게 '계단이 움직이고 사람이 서 있으면 아무리 많은 계단이라도 힘 안 들이고 올라갈 수 있지 않겠는가?' 하는 점에 착안하여 연구하기 시작했다. 연구결과로 마침내 올라가고 내려오는 움직이는 계단을 개발했다. 에스컬레이터의 탄생 비화다.

한 사람은 그 계단이 움직일 수 없다는 확고한 고정관념의 소유자였고, 다른 한 사람은 그 고정관념을 깨고 과감히 계단도 움직일 수 있게 한 현명한 사람으로 우리 생활에 큰 도움과 이익을 준 사람이다.

쎄로니와 계단을 움직이는 사람의 경우를 보면서 새로운 깨달음을 느껴야 한다. 일상을 좀더 깊이 생각하고 의식을 바꾸어 보면 좋은 해결책이 있을 수 있다.

늘 하던 습관에 젖어 새로운 변화와 발전을 추구하지 못하게 된다. 나는 운동은 소질이 없어, 나는 잠이 많은 사람이야. 나는 무엇은 못해, 그것은 안 되는 거야 등등 과거의식에 얽매인 고정관념에 사로잡혀 새로운 일에 도전하지 못하고 마침내는 무기력하고 어리석은 사람이 된다.

고정관념은 자신은 물론이지만 다른 사람에게도 피해를 준다. 사회는 변화하고 있다. 우리의 생활주변에 있는 사람들도 변한다. 그러나 한번 사람을 판단하면 늘 그 기준에서, 그가 변해 있는데도 그에 대한 과거의 생각을 바꾸지 않아서 좋지 못한 감정을 씻지 못하거나 상대를 오해하는 그릇된 과오를 범하기 쉽다.

원만한 교우관계나 친근한 인간관계를 갖는다는 것은 어떤 지식보다 많은 재물보다 더 중요하고 값진 것일 것이다. 고정관념에서 탈출하여 자신에게는 창의적이고 진취적인 사람, 타인에게는 원만하고 합리적인 사람이 되어야 한다.

현재의 생활이 어렵게 느껴지면 그 어렵다는 고정관념을 버리고 새로운 방법을 과감히 모색해 보라. 라이트 형제가 날개가 없는 인간을 하늘로 날 수 있게 했듯이 말이다.

나는
누구인가?

　우리는 이웃과 더불어 산다. 상대가 누구인지 알아야 하고, 알려고 노력하고 있다. 그러나 정작 자신에 대하여는 잘 알지 못하고 있다. 자신이 누구인지, 나는 무엇을 위하여 사는 사람인지와 같은 원초적인 질문조차 생각하지 않고 살아가고 있기 때문이다.

　자신을 알지 못하고 행동하거나 말하는 사람을 가리켜 분수를 못 지킨다고 한다. 내 자신에 대한 판단이 잘못되면 자신은 물론 타인에게도 피해를 주고, 사회를 어지럽히는 일을 저지를 수가 있기 때문이다.

　누구나 "당신은 누구냐?"고 물으면 얼른 자기의 이름을 대며 나는 아무개라 대답할 것이다. 그러나 자기가 자기 자신에게 '나는 누구인가?'라고 묻는다면 과연 누구라고 대답할 것인가? 실로 어려운 질문이 아닐 수 없다.

　이 질문의 옳은 답을 얻기 위해서 나는 어떤 뜻을 갖고 생활해 왔으며, 지금은 어떤 생각을 하고 있는가? 앞으로 무엇을 위하여 어떻게 살 것인가? 구체적인 내 생애의 목표는 어디에 있으며 내 삶의 존재가치는 어디에 둘 것인가 하는 몇 가지의 질문에 충실한 답을 얻어내야 '나는 누구인지'를 알 수 있다. 그래야 "나는 이러한 사람이다"라고 말하는 확신을 갖게 되고 살아가는 삶의 기준점이 된다.

인간은 본능적인 욕구가 충족되면 집단적인 욕구가 충동한다. 이 집단 욕구는 우리로 하여금 어느 단체나 집단에 들어가 그곳에 소속하도록 만든다. 이때 소속원인 '나'는 과연 누구인가? 그 집단의 주인과 같은 사람인가? 아니면 지나가는 나그네와 같은 존재인가? 그것은 본인이 어떻게 생각하느냐에 따라 달라질 수밖에 없다.

우리는 자신이 처해있는 현 위치에서 '나'는 누구인가를 알아내는데 게으르면 안 된다. 가정에서의 '나'와 직장 내에서의 '나'는 그 모양과 색깔이 다를지라도 '나는 누구인가'에 대한 확신이 있는 사람은 어디에서나 주인으로 행동하게 된다.

우리는 주인의식을 갖고 생활해야 한다. 그러나 주인이 주인인 줄을 모르는 경우가 많다. 반대로 주인 아닌 사람이 주인행세를 하는 경우도 많다. 이러한 괴리현상은 조직을 망치게 하고 사회를 병들게 한다. 주인이 주인으로서 의식을 갖지 못한다면 객과 무엇이 다르겠는가?

'나는 누구인가?'

참으로 어려운 질문이다. 오죽하면 소크라테스는 지금으로부터 2,400년 전에 "너 자신을 알라"며 문답형의 질문으로 제자들을 가르쳤겠는가?

어느 목수가
마지막으로
지은 집

　아주 부지런한 목수 한 사람이 있었다. 수십 년간 주인 밑에서 일을 잘 해왔으므로 주인은 그를 신임하고 많이 사랑하고 도와주었고, 그로 인해 좋은 관계 속에서 잘 지내며 일을 해 왔다. 그러나 목수는 주인이 자기에게 잘해주는 것은 너무나도 당연하다고만 생각했다. 고맙게 생각하지 않았고, 주인의 특별한 배려로 잘 살고 있다는 사실을 망각했다. 그러다 보니 주인에게 사전 상의도 없이 갑자기 그만두겠다며 주인 곁을 떠나려 했다. 목수는 주인 그늘에서 벗어나서 자기 맘대로 편하게 놀아가며 살아볼 생각이었다.

　이런 사실을 모르는 주인은 그만두겠다는 목수의 장래가 걱정이 되어 말렸다. 아무리 생각해봐도 목수를 잃는 자신보다는 그만두는 목수가 더 걱정이 되어 설득해도 목수는 막무가내로 고집을 피웠다.

　주인은 하는 수 없이 마지막으로 한 가지 부탁을 하면서 그를 돕기로 했다. 목수에게 그만두는 것은 허락할 테니 마지막으로 집 하나 잘 지어주고 그만두라고 부탁했다. 목수는 하고 싶지 않았지만 차마 거절할 명분이 없어 마지 못해 하기로 했다. 주인은 돈은 얼마가 들어도 좋으니 모든 것을 아끼지 말고 최고급으로 지으라고 당부하며 모든 권한을 위임했다.

173

목수는 떠나는 마당에 뭘 잘할 필요가 있겠냐는 생각에 일꾼도, 자재도, 그리고 정성도 들이지 않고 대강대강 집을 지었다. 목수가 집을 다 짓고 주인에게 인계할 때 주인은 열쇠를 건네주며 말했다.

"그동안 내 집에서 수십 년간 고생했으니 상으로 이 집을 주겠노라."

목수는 전혀 생각지 못했던 일에 당황하며 순간적으로 이럴 줄 알았으면 정성을 들여 좋은 재료로 지었으면 좋았을 것이라며 후회했으나 이미 때는 늦었다.

우리는 언제나 진실된 삶을 살아야 한다. 당장 보이지 않는 주인의 마음을 모르고 배은망덕한 그는 '이제 헤어지는 마당에…'라는 마음으로 스스로 복을 차버린 어리석은 목수가 되고 말았다.

우리 사회의 도덕적 가치관은 '내가 무엇을 잘못했느냐?'보다 '누가 내 잘못을 알고 있느냐?'에 관심을 갖고 있는 것 같다. 자신이나 가족이 나쁜 짓을 했을 때 우선 그걸 누가 봤느냐를 생각한다. 그리고 본 사람이 없거나 아는 사람이 없으면 안도한다.

자신에게 가장 엄격하고 자신의 잘못이 있으면 스스로 수치스러워하며 반성해야 하는데, 자신의 잘못은 '그럴 수도 있지' 하는 식으로 합리화하고 남의 잘못은 비난하며 용서하려 하지 않는다.

모든 문제는 자신에게 있고, 가장 큰 적은 바로 자신

이라는 것을 잊어서는 안 된다. 가장 훌륭한 사람은 자신을 이긴 사람일 것이다. 목수도 자신과의 싸움에서 진 사람 중의 한 사람이다. 사람은 누구나 자신이 살 집을 짓는 목수들이다. 각자 자신의 인생이란 평생 살 집을 지어야 한다.

인생이란 집은 인성이란 뼈대에 학습과 교육이란 재료를 들여 한 가지 한 가지 갈고 닦아가야 완성된 집을 지을 수 있다. 이 집은 한번 잘못 지으면 돌이킬 수 없다. 평소에 성실한 삶의 습관과 영원히 변하지 않는 진실한 인성을 길러야 한다.

우리 생활에 진실이 존재하는 한, 그리고 남과 더불어 서로 돕고 서로 도움을 받으며 살아갈 수밖에 없는 인간이기에 남의 도움을 받으면 감사하게 생각하며 보답하려는 노력이 있어야 한다.

보이는 일에 치우치지 말고, 보이지 않는 낮고 깊은 곳에 위치한 진실된 가식 없는 인성의 수련을 해야 인간은 행복하게 살 수 있다.

나의
행복론

　나는 행복하다. 행복하다 생각해서 행복하다. 행복은 주어지는 것이 아니고 만들어지는 것, 행복한 마음은 습관에서 나온다. 그러므로 행복하다고 생각해야 행복해진다.

　행복은 객관적이 아니고 아주 주관적이다. 그러므로 행복하다고 해야 행복이 만들어진다. 누가 뭐라 해도 자신이 행복하다 하면 행복하다. 행복하다고 생각하는 것 자체가 행복이다.

　행복에는 조건이 있다. 행복의 기준은 높은 가치관에 바탕을 두고 나온 것이어야 한다. 내 행복이 나만 행복하고 남을 불행하게 해서는 안 된다.

　행복은 대부분 순간 같지만 꼭 그렇지 않다. 티벳의 수도자인 달라이 라마의 행복론이나 베트남의 틱 낫한의 행복론을 군이 따르지 않더라도 우리가 살아가면서 터득한 나름대로의 행복론이 중요하다. 행복을 찾는 지혜가 필요하다. 지혜를 찾기 위하여 상당한 노력과 고뇌와 번민의 대가를 치러야 얻을 수 있다.

　사람에게는 대부분 받아서 행복한 기초적인 행복이 있는가 하면, 반대로 남을 도와줘서 만족감에서 오는 다른 차원의 행복이 있다. 받음으로써 느끼는 행복은 일시적인 반면, 내 것을 줌으로서 얻는 행복은 오래 간다. 남을 숨어서 돕는다는 비밀스러운 고귀한 행복, 도움을 받은 자들이 기뻐하고 행복해하는 것을 보며 얻어지는 반사적 행복은 더 귀한 행복이다.

삶의 목표는 행복의 추구다. 행복을 찾아보면 행복이 여기저기에서 보이고, 행복을 만들려면 어디서나 만들 수 있다.

나는 행복을 이렇게 찾는다. 건강한 체력과 잘나지는 않았으나 못나지도 않은 보통 사람으로 있으니 행복하다. 부모를 모르고 살아 강인한 생활력을 갖게 하여 주신 분께 감사하며 일찍이 시련과 연단을 체험하게 한 것을 생각하면 감사하고 행복하다. 그래서 또한 행복하다.

주위에 따뜻한 맘을 갖고 살아가는 사람이 많이 있으니 행복하다. 불구가 아닌 정상인의 가족을 맺어 주셔서 감사하고 행복하다. 어렵지 않은 삶을 만들어 주신 당신께 감사드리며 행복하다. 더욱이 신이신 당신을 알게 해 주셔서 행복하다.

연천에는 맹인 김정숙 〈한마음의 집〉 원장이 있다. 당신은 앞을 보지 못하면서도 불우한 이웃을 위해 100만 개 목표로 만두를 만들어 대접하는 봉사를 하면서 행복하게 살아가고 있다. 지금까지 10년째 만두를 만들어 봉사하고 있는 분이다. 나는 이 분이 만든 만두로 이천노인복지관에서 점심대접을 받은 일이 있다. 당신은 맹인으로 앞을 보지 못하면서 정상인들인 노인들에게 대접하는 그는 정말 행복해 보였다.

정말 행복한 일은 받는 행복보다 주는 행복이 더 큰 행복임을 다시 느낀다. 서로가 같이 행복해하는 행복이 진정한 행복이다.

남을 도와주면 자신이 행복해 진다.
남을 사랑하면 자신도 행복해 진다.
남을 칭찬해야 자기가 행복해 진다.
남을 용서해야 내가 행복해 진다.
욕심을 버려야 행복해 진다.

행복을 찾으면 행복이 보이고,
행복을 만들면 언제나 만들 수 있다.

역사를 만드는 지도자

2009년 1월 20일!

미국으로서도 역사적인 날이다. 세계인들도 새로운 충격으로 받아들인 순간의 날이었다.

바로 제44대 미국대통령 '버락 오바마'가 역사상 최초의 흑인 대통령으로 취임한 날이기 때문이다.

"버락 오바마!"

그는 출생 배경부터가 순탄치 않았고, 편모 슬하에서 성장했으며 불우한 유소년기를 보냈다. 검은 피부색에 대한 번민으로 인해 술과 담배를, 그리고 심지어는 마약인 마리화나를 입에 댔고, 대학 시절에는 흑인학생들로만 구성된 정치 동아리에서 활동하기도 했다.

인종 차별이 심한 나라 미국, 흑백으로 나뉘어져 흑인과 식사도 같이 하지 않는 백인 우월주의가 넘치는 곳이 미국사회다. 인간은 피부색을 떠나 모두가 존엄한 존재임에도 불구하고 단지 피부색이 검다는 이유 하나만으로 백인들의 노예로 200년 가까이 살아야 했던 그들은 얼마나 불행한 삶이며 인간에게 있어서 얼마나 비극적인 역사인가?

오바마는 자신보다 더 불행한 환경에서 자라면서도 미국의 가장 위대한 대통령으로 흑인들에게 노예해방을 시킨 제16대 아브라함 링컨을 가장 숭배하고 존경했는지 모른다. 그는 1861년 링컨 대통령이 워싱톤으로 입성할 때 타고 온 레일(rail)를 그대로 따라 백악관으로 입성했다. 오바마도 링컨처럼 하원의원 선거에서의 패배한 역경을 딛고 세계 대통령의 자리에 선 사람이다.

역사, 그렇다.
지도자는 역사를 만들어 나가는 사람이다.
톨스토이는 지도자란 '역사의 노예'라고 했다. 그 나라를, 혹은 그 지역을 대표하는 지도자는 노예이자 선두에서 역사를 만들어 나가는 사람들이다.
만일 아돌프 히틀러가 1923년 뮌헨 봉기로 인한 시가전에서 죽었다면, 유대인의 대학살이 있었겠는가?
1933년 프랭클린 루즈벨트 대통령이 주세프 장가라의 총탄에 맞아 쓰러졌다면 오늘의 미국이 있었겠는가?
6.25한국 동란 당시 미소 간 휴전협정 때 미국의 트루만 대통령이 아니고, 소련의 무서운 핵공격 위협을 물리친 존 F 케네디가 당시 미국 대통령이었다면 오늘의 분단국가로 남아 있을까?

지도자, 그들은 힘 있는 존재들이다.
오늘을 살고 있는 지역의 지도자들도 마찬가지다. 그들도 지역의 역사를 만드는 사람들이다. 그들은 그 지역의 역사에 대하여 책임을 져야 할 사람들이다.

    우리는 투철한 책임의식을 갖고 지역의 새로운 역사를 만들어 가야 한다. 어떤 지도자를 평가할 때 그가 어떻게 살아왔는지, 어떤 비전을 갖고 있는지, 지역을 위해 어떤 일을 해 왔는지를 판단해야 한다. 잘한 일이 있으면 칭찬과 격려를, 잘못한 일이 있으면 비판과 질책을 해야 하지 않겠는가.

    어느 시대나 시대의 역사를 만드는 사람은 다름 아닌 지도자들이다. 한 시대의 흐름은 바로 그 지도자들에 의하여 만들어 지고, 침묵을 지키는 다수의 지원을 받아야 새로운 역사는 결실을 맺게 된다.

화합(김경신 작 Oil painting canvas)

자전거와
도시락
둘

　나는 이천 고등학교 육성회장과 학교운영위원장을 6년 동안 맡았던 인연으로 김응호 전 교육장의 교육철학을 가장 가까이서 보면서 생활한 사람 중의 한 사람이 되었다.

　그 당시 그는 이천 고등학교에 오랫동안 재직했는데 자전거에다 늘 도시락 두 개를 매달고 다녔다. 하나는 점심식사용이요, 또 하나는 저녁식사용이었다.

　인문계 고등학교의 선생님들은 언제나 진학이라는 입시와 전쟁을 치러야 했다. 그런고로 선생님들은 아침 7시에 출근해서 저녁 10시까지로 무려 17시간이나 근무해야 했다. 그가 늘 도시락 두 개를 가지고 출근한 이유다. 음식점에서 식사할 수도 있고, 아니면 멀지 않은 당신의 집에 가서 하고 올 수도 있으나 그는 항상 출근할 때 가지고 온 도시락으로 식사를 했다. 그렇게 그는 잠시도 교내를 떠나지 않았다.

　이천의 교육환경이 열악하다는 이유로 공부 좀 하는 학생들이 다른 도시지역으로 진학하던 그 시절에 김 교육장은 최대의 과제로 지역 내에 명문고를 육성해야 한다는 사명감을 갖고 있었다. 이천고등학교를 경기 동남부권의 중심학교로, 자타가 인정하는 명문고로 키워야 한다는 각오로 열정을 쏟았다. 그 당시는 명문대학에, 그리고 서울에 있는 대학에 학생을 얼마나 진학시키느냐가 명문고의 기준이었기에 우수 학생들의 진학을 위해 최선을 다해야 했었다.

그때 김응호 교육장은 이천고등학교에서 평교사로, 교무부장으로, 교감에 이르기까지 무려 18년이란 긴 세월 동안 후학을 가르치는데 열정을 쏟았다.

학생은 누구나 평등한 교육을 받을 권리가 있다는 교육철학을 몸으로 실천하기 위해 헌신하며 남다른 열의와 사명감에 불탔던 김응호 교육장, 내가 아는 스승 중에 최고의 스승이라 생각한다. 그는 재학생 모두를 자식같이 대했는데, 당시 내 큰 자식도 2학년에 재학 중이라 육성회장을 맡고 있어서 늘 그의 교육에 대한 열정을 곁에서 지켜 보았다. 그는 경기도 교육계에서 수학박사로 정평이 날 만큼 유능한 수학교사였다.

경기도 교육의 수장이었던 전 한환 경기도 교육감은 "세상에서 남 잘 되는 것을 좋아하는 사람은 아무도 없다. 그러나 예외로 그렇지 않은 사람이 있으니 하나는 부모요. 또 다른 하나는 스승이다"고 하신 말씀이 생각난다. 그분의 수제자이기도 한 김 교육장은 정말 그 말처럼 제자들을 진정으로 사랑하고 잘 되기를 바라던 참스승이었다. 그래서 나는 그를 친구이기 이전에 한 스승으로 존경하고 사랑하며 아껴왔다.

우리는 이런저런 일로 자주 만났고, 자연히 교육에 대한 대화를 나누었는데, 그때마다 나는 그의 교육철학에 감명을 받았으며 항상 머리를 숙였다.

그와 나누는 대화는 교육 분야뿐만 아니라 언제나 나에게 많은 깨달음을 주었다. 그래서 우리는 만나면 시간 가는 줄 모르고 담소를 나눴으며, 헤어질 때는 흐뭇한 맘으로 시간에 대한 아쉬움을 느꼈다.

내가 존경하는 스승 김 교육장은 마침내 이천의 효양중학교 초대교장으로 부임하면서 '교육은 교장이 한다'라는 굳은 신념으로 많은 부문에서 새로운 교육제도를 도입하여 명실상부한 이천 교육의 한 부분을 책임지는 역할을 해냈다.

그를 아꼈던 지역의 많은 지인들은 그가 이천 교육을 맡아주기를 원했다. 그래서 파주교육청 학무과장으로, 경기도 평생교육연구원 연구부장으로 자리를 옮기며 교육탑을 튼튼하게 쌓고 있는 그를 이천 교육의 총책임자로 모셔오기 위해 온갖 노력을 기울였다.

2002년 3월, 3년 임기로 이천교육장에 발령을 받아 부임해오자 우리 모두는 이천교육 발전에 대한 큰 기대로 축하하며 환대했다.

교육으로 한평생을 다한 사람, 그 절반 이상을 한 학교에 몸담아 오면서 후학을 가르쳐온 사람, 교육장이면서도 항상 교장 선생님과 학교 선생님을 잘 모셔야 한다고 입버릇처럼 말하고 실천한 사람, 지금 아주 오랫동안 근무한 이천고등학교 동편의 옆 건물 하얀 집, 이천 교육의 요람의 주인으로 3년의 소임을 다 마치고, 2005년에 정년을 맞아 정든 교육현장을 떠나야 했다.

　나와 그는 30년지기다. 그래서 그가 갔던 대부도도, 백령도도 가는 곳마다 늘 동행했다. 그리고 가는 곳마다 어려운 학생을 돕는 일로 나는 장학금을 지원해서 그를 도왔다.
　비록 몸은 가지 못했어도 우리 둘은 항상 같이 있었다. 마치 자전거에 매달린 두 개의 도시락처럼 나도 그도 서로를 사랑하고 이해하며 투터운 우정을 나누며 살았기에 우리는 앞으로의 여정도 동행할 것이다.
　마침내 도시락의 효과는 보이기 시작해서 이천고등학교는 골든벨에서 15기 때 종을 울렸다. 그리고 연말에 왕중왕 전에서 왕의 벨을 올리는 쾌거를 달성했다. 장본인 이창순 군은 우리 동남부에서 별이 되었고, 이천고등학교는 서울대 의과대학을 진학한 영광스런 인재를 배출한 명문고로 전국에서 인정받는 고교로 우뚝 서게 되었다.

　사랑하는 나의 친구, 그간 길고도 힘든 사도의 길을 걸어오시느라 수고 많이 하셨으니 이게 좀 쉬어 갑시다. 그리고 앞으로는 자전거를 타시더라도 도시락을 매달고 타실 일은 없으시겠지….
　존경하고 사랑하는 내 친구, 김응호 선생님….

누군가
해야 할
일이라면?

    내 집 앞에 쓰레기 소각장이 들어오는 것을 좋아하는 사람은 아무도 없을 것이다. 그렇다고 쓰레기를 버리지 않고 살아갈 수는 없다. 내가 버린 쓰레기는 내가 스스로 해결해야 하나 개개인이 직접 쓰레기를 소각하고 처리하기란 불가능하다. 그래서 지방자치 단체에서 일괄적으로 수거해서 처리해야만 한다.

    쓰레기는 생명에 치명적인 피해를 주는 유해물질의 배출을 막아야 하는 환경적인 문제가 있다. 소각장을 건설하는데 1천억 원 가까운 비용과 전문적인 기술문제를 필요로 해서 지자체의 노력이 필요하다.

    이천은 단일 지역으로 1일 소각물량이 50톤 정도다. 따라서 소각장이 경제적으로 효율성을 얻으려면 300톤 이상 물량을 확보해야 소각로가 쉬지 않고 운행할 수 있고, 완전 소각을 이뤄 유해물질 배출을 최소화할 수 있는 광역화로 추진되어야 한다. 마침 동부권 5개(이천, 광주, 하남, 여주, 양평) 시군의 쓰레기를 한곳에서 처리하는 운영비를 중앙정부와 타 시군에서 부담하게 되니, 소각장의 광역화는 잃는 것보다 얻는 것이 더 많은 사업이다. 하지만 중요한 것은 누가, 어디에 설치하느냐는 것이다.

나는 지금 인근 지역의 쓰레기를 완전소화하여 처리해서 나오는 소각열로 국제 규격의 수영장과 각종 체육시설, 축구장까지 개설해 지역주민의 건강관리에 기여하고, 일정 비율의 소각처리 수수료를 해당 지역주민에게 배당하고 있어 지역의 효자시설로 자리잡고 있는 '동부권광역쓰레기소각장'을 보면 감회가 남다를 수밖에 없다. 지금이 있기까지 매우 치열한 반대를 무릅쓰고 이뤄진 극적인 과정이 고스란히 뇌리에 살아오기 때문이다.

나는 아무 준비도 없이 '입지선정위원회' 위원장으로 피선되어 그 풍파를 맨 앞에서 다 맞아야 했다. 격렬히 반대하는 지역주민들의 입장을 어느 정도는 이해할 수 있었기에 그 고통은 더욱 컸다.

하지만 쓰레기를 이대로 방치하면 더욱 큰 피해를 볼 수밖에 없는 현실을 결코 무시할 수 없었다. 국가를 위해서, 지역을 위해서, 후손들이 살아갈 이 땅의 미래를 위해서 누군가는 나서서 해야 할 일이었기에 그 고통은 더욱 컸다.

나는 각고의 고뇌와 시련 속에서 성공적으로 입지선정을 마칠 수 있었다. 경기도 지원을 받아 소각장 준공 인센티브 사업으로 호법면 유산리에서 매곡리 유네스

코 앞까지 4차선 도로를 확장 준공시키는 쾌거도 있었다.

세상에는 항상 새로운 것을 시도하는 사람과 이를 반대하는 사람, 그리고 아무것도 하지 않으면서 이 둘의 갈등을 무조건 나쁘다고만 비난하는 양비론자들이 있다. 물론 각자의 사정이나 입장을 들어보면 다 그럴듯한 말로 포장을 한다. 나는 이 셋 중에 어느 부류에 속하는 사람인가?

역사는 새로운 것을 시도한 사람과 반대한 사람들이 항상 공존한다는 것을 보여준다. 그런데 역사를 이끌어 온 것은 항상 새로운 것을 시도하는 사람들이다. 그들도 새로운 것을 시도할 때 부딪히는 반대로 인해 엄청난 고뇌와 번민을 했을 것이다. 그럼에도 현실에 부딪힌 문제를 해결하기 위해서는 새로운 돌파구를 찾아야 하고, 그 돌파구를 찾는 과정에서 부딪히는 반대는 어떻게든지 극복해내야 한다.

그런 점에서 나는 반대하는 사람과 무조건 양비론을 펼치는 이들보다는 그래도 꿋꿋이 새로운 일을 헤쳐 나가는 사람이 제일 낫다고 본다.

오늘도 동부권광역쓰레기소각장에서 각종 편의시설을 즐기는 시민들을 볼 때마다 반대에 굴하지 않고 누군가 해야 할 일을 한 것은 정말 잘한 선택이었다고 생각한다.

제 20102호

표 창 장

경기도 이천시 창전동
법무사 박 의 협

귀하는 평소 환경친화적인 사고와 창의적인
노력으로 녹색국가 건설에 기여하여 왔을 뿐만
아니라, 특히 동부권광역자원회수시설 건립에
기여한 공이 크므로 이에 표창함

2008년 11월 20일

환경부장관 이 만 의

2008년 환경부장관 표창
(동부권광역쓰레기소각장 건립 유공)

<발문>

시와 노래, 수필로 펼친
소통과 힐링의 장

이인환(시인)

1. 입지전적인 삶을 담은 소통과 힐링의 시

　유튜브에서 AI가 작곡하고 노래한 시인의 작품을 접했을 때는 신선한 충격이었습니다. 법조인으로 전혀 문학과 관계가 없는 일을 하신 것으로 알고 있었는데, 이렇게 감성적인 면이 있다고는 생각하지 못했기 때문입니다. 그 중에 '아버지', '울 어머니'라는 노래를 들으면서 뭔가 깊은 사연이 있는 것처럼 다가와 평생 농사일로 고생만 하시다 돌아가신 부모님 생각이 간절했습니다.

　　그대의 얼굴, 그대의 목소리
　　한 번도 본 적 없는 불효자
　　어디에 계신지, 왜 멀리 떠나셨나요
　　　- '아버지' 중에서

그렇게 인연이 맺어졌습니다. 유튜브에서 AI 작곡과 노래를 편집하며 활동하는 이종희 크리에이터의 소개로 시인을 만났습니다. 평소에 지역에서 워낙 많은 일을 하신 분이라 명성은 익히 들었지만, 직접 만나본 적은 없었기에 살짝 설렘도 있었습니다. 시인은 일상에서 틈틈이 쓴 단상이라 하셨지만, 평소 일상의 이야기로 가까운 이들과 소통하는 시를 써야 한다는 '소통과 힐링의 시'가 추구하는 방향과 통하는 작품들이 많아서 그냥 빠져들었습니다.

시인은 일제강점기 말기인 세계전쟁이 한창인 1943년에 김포에서 태어났습니다. 아버지는 그해 중국으로 독립운동을 위해 집을 떠나신 후 지금까지 생사를 알수 없다고 했습니다. 홀어머니도 시인이 10살 때 돌아가셨다고 합니다.

이 세상에 많은 사람이 있어도
울 엄마만큼 위대한 사람 없더라
힘겨워 몰래 흘린 그 눈물
이제야 알아요, 이제야 불러요
울 어머니, 나의 어머니

몰래 몰래 흘리던 피눈물
누가 볼까, 들을까
조용히 닦아내던 그 모습
이제야 내 가슴에 흘러내려요

이제는 부를 수 없는 이름
돌아오지 못할 그 길 위에
그래도 다시 한번
목 놓아 부릅니다
 - '울 어머니' 중에서

　질곡의 역사 속에서 돌아오지 않는 남편을 기다리며
어린 자식을 품고 흘리셨을 어머니의 눈물, 또 그 어머
니를 어린 나이에 여의고 그리워하며 흘리셨을 시인의
눈물이 '소통과 힐링의 시'로 펼쳐지면서 심금을 촉촉
이 적시고 말았습니다.
　전문적으로 시를 배워본 적 없이 평생을 법조인으로
살아오셨기에 시인으로 불리는 것을 바라지 않는다고
하셨지만, 저는 그 자리에서 시인으로 부르는데 망설일
이유가 없었습니다.

　시인은 아버지의 얼굴을 본 적도 없고, 어머니를 일찍
여읜 상황에서 어려운 환경에도 굴하지 않고 공부해서
법학을 전공했고, 그 노력의 결실로 마침내 법무사 자
격고시에 수석으로 합격해서 입지전적인 삶을 일구며
질곡의 시대를 개척해온 산업화 시대의 전형적인 역군
이었습니다.

　당신이 어리고
　내 나이 적지 않아도
　나는 당신의 사랑을 받고 싶다

당신이 잘나고
나 못났다 하더라도
나는 당신의 사랑을 받고 싶다

우리의 만남이
어떤 인연이든 간에
나는 당신의 사랑을 받고 싶다
  - '나는 당신의 사랑을 받고 싶다' 중에서

그동안 '소통과 힐링의 시'를 운영하면서 확인한 것
중에 핵심은 사회적으로 성공한 사람들이 한결같이 '사
랑표현'에 능숙하다는 것입니다. 사랑표현도 습관이라
평소에 잘 표현하지 않는 사람들은 일부러 자리를 마련
해줘도 못하기 마련입니다. 따라서 사랑표현이 능숙하
다는 것은 그만큼 일상에서 습관을 들였다는 것입니다.
고로 성공한 사람이 사랑표현을 잘 하는 것이 아니라
사랑표현을 잘 해서 성공한 것이라는 결론을 도출할 수
도 있습니다.

넓고 트인 호박꽃,
누구를 부르는지 몰랐던 그 향,
어린 자식 위해 희생한 당신,
아들 둘, 딸 하나 키우시느라,
모두 다 소진하신 위대한 당신.
그 향기, 그 향기,
어디서 나왔을까?

당신의 사랑과 희생,
이젠 알겠어요, 그 마음을.
세월이 지나도 여전히,
그 향기 속에서 살아가요.

젊은 날의 나는 몰랐던 당신의 아픔,
이제야 깨닫고, 다시 생각해요,
오르막길을 걸으며,
당신만의 향기를.
　- '호박꽃의 향기' 중에서

아내에게 이렇게 진솔한 사랑표현을 할 수 있다는 것
이 그저 부러울 뿐입니다. 시인의 시를 통해 우리가 얻
을 수 있는 것은 일상에서 아주 자연스럽게 '사랑표현'
을 하는 것이 얼마나 중요한가를 알아차리고 실천하는
자세라고 봅니다.
　일상의 언어로 가장 가까운 이들과 소통하기 위해 쓴
시들이다 보니 표현이 다소 직설적이고 시적기교로는
덜 다듬어진 작품들이 눈에 띄는 것은 어쩔 수 없는 일
입니다. 하지만 이런 부분은 시의 대중화, 시의 창작과
향유의 일상화, 소통과 힐링의 시를 펼쳐 나가는 과정
에서 반드시 겪어야 진통이라고 생각하기에 흠집보다
장점이 더 눈에 띄는 것은 어쩔 수 없습니다. 미사여구
와 시적기교는 뛰어나지만 정작 자신과 가장 가까운 이
들에게조차 읽히지 않는 시를 쓰며 자신만의 시세계에
갇혀 있는 시인들에게서는 찾아 볼 수 없는, 투박하지

만 나름대로 진솔한 시적 묘미를 느끼게 해주는 시인의
작품들은 그 이상의 가치를 빛내고 있기 때문입니다.

2. 문학의 효용성을 빛내는 단상들

문학에는 쾌락적 기능과 교훈적 기능이 있습니다. 언어유희와 대리만족을 통해 얻는 것이 문학의 쾌락적 기능이라면 문학작품을 통해 삶의 교훈을 얻는 것이 문학의 교훈적 기능입니다. 쾌락적 기능에 치우치면 내용이 없는 가벼운 '유행 작품'으로 평가절하될 수 있고, 교훈적 기능에 치우치면 속된 말로 '꼰대 작품'으로 치부될 수 있습니다. 따라서 문학작품을 창작할 때는 쾌락적 기능과 교훈적 기능을 어떻게 살리느냐가 중요합니다.

여럿이서 어우러져 하는 노래소리는
마음 모아 하는 소리라 듣기가 좋다

소프라노 알토 테너 베이스 화음 이루면
가슴에 파고드니 기쁨도 크다

바람소리 물소리 같이 들으면
자연 소리 신의 소리 들리는 듯하다
  - '합창' 중에서

교훈적인 기능을 중요시하다 보면 피할 수 없는 것이 '꼰대론'입니다. 그런 점에서 시인의 작품의 일부도 이런 비판으로부터 자유로울 수 없습니다. 하지만 이를 극복하는 것이 단상에서 보여주는 치열하고 진실한 삶의 구체적인 이야기들입니다.

읍내까지 가는 데는 고개를 하나 넘어야 하는데. 이곳은 험하고 주위가 깊은 산이라 여우가 자주 나타난다 하여 여우작고개라 했다. 늦은 시간에는 어른들도 혼자 못 다녀서 여럿이 무리를 지어 다니곤 했다. 얼마나 무서운지 온몸이 오싹오싹, 머리끝이 쭈뼛쭈뼛 선다는 고개였다.
아버지는 당장 작은 것을 읍내에 가서 바꿔 오라고 하셨다. 그는 하는 수 없이 읍내에 가서 주인에게 라이타돌을 큰 것으로 바꿔 오라 해서 다시 왔다 했더니 가게 주인은 아버님의 속마음을 아신 듯 빙그레 웃으시며 큰 것으로 골라 주고는 늦었으니 얼른 집으로 돌아가라 하셨다.
라이타돌은 다음 날 바꿔도 될 일인데, 그 늦은 저녁에 어린 자식을 홀로 보낸 이유를 그 당시에는 알 수가 없었다. 아버님은 친구를 매사에 관찰력을 갖게 하고, 무서움과 어려움을 이겨내는 담력을 길러 주는 훈련을 시켜서 앞으로 혼자 살아가는데 필요한 자립심을 갖게 했던 것이다.
중학교 1학년 때 부친은 돌아가셨고, 친구는 학교 다니랴 집안일 하랴 시간이 없었다.
　- '라이타돌의 교훈' 중에서

요즘은 이렇게 자식을 교육하는 부모도 없거니와 이

런 식으로 교육했다가는 아동학대로 고소(?)를 당할지도 모를 일입니다.

시인의 세대는 한생에 우리나라 5천 년 역사의 이야기를 다 품고 있습니다. 시인의 삶에서 알 수 있듯이 태어나자마자 식민지 국민으로서 아버지와 생이별해야 했고, 6.25전쟁 후의 참혹한 보릿고개 시절, 산업화 시대의 산업역군으로서의 활동, K-문화로 세계의 중심으로 자리 잡아가는 현실까지 질곡의 근현대사를 그대로 담고 있습니다.

그러니 후손들에게 얼마나 하고 싶은 말이 많을까요? 하지만 이야기를 꺼내기라도 하면 '라떼는~'이라는 말로 맞받아치며 귀를 닫는 세대로부터 꼰대 취급을 받게 되니 그저 답답한 현실입니다.

이럴 때 필요한 것이 문학작품으로 형상화해서 있는 그대로 이야기를 보여주는 것입니다. 그 시대를 살아보지 않은 사람은 들려줄 수 없는 이야기를 구체적으로 형상화해서 있는 그대로 보여주며 후손들이 그 삶을 통해 스스로 느끼고 배우게 하는 것입니다. '라이타돌의 교훈'은 바로 그 전형을 보여주고 있습니다.

시인은 이천시민장학회 이사장으로 활동하면서 오랜 시간을 후학 양성에 심혈을 기울였습니다. 자원이 부족한 우리 사회가 오늘날 세계의 중심으로 서게 된 것은 교육을 통한 후학 양성에 모든 것을 바친 시인과 같은 분이 계신 덕분입니다. 재능이 있어도 돈이 없어서 배우지 못한 세대의 아픔을 잘 알기에, 그 무엇보다도 교육을 통한 인재양성의 중요성을 시인께서 잘 아셨기에 가능한 일이었습니다.

대학재학 시절 사법시험을 준비할 때다. 몇 차례 떨어졌다. 삶에 대한 회의가 밀려와 한마디로 공부가 지겨웠다. 그때의 심정은 겪어본 사람만이 알 수 있을 것이다.
친구끼리 모여서 "우리가 결혼해서 자식을 낳으면 다 같이 대학을 보내지 말자"고 약속 아닌 결의를 한 일도 있다. 오죽 공부가 지겨우면 이와 같은 결의를 했겠는가?
 - '시련과 고뇌' 중에서

후손들에게 필요한 것은 '라떼' 식으로 풀어내는 무용담이 아니라 있는 그대로의 이야기를 구체적으로 풀어놓은 그 시절의 모습입니다. 평생을 살아온 삶의 신조를 담고 있는 이야기를 구체적인 사건으로 그대로 보여주면 비록 꼰대 냄새가 나더라도 감흥을 받을 수밖에 없습니다.

'시련과 고뇌'와 같은 후학 양성에 대한 구체적인 이야기는 시인이 실제로 금전적인 손실을 감수하며 실천했던 후학양성의 일들과 연결이 되어 그 진실성이 더욱 진하게 새겨지기 마련입니다.

3. 시대를 선도하는
문학적 상상력과 실천력

　인류의 역사는 항상 문학적 상상력이 앞서고, 그를 따라 하려는 이들의 실천력에 의해 발달했습니다. 하늘을 날겠다는 상상력이 라이트형제의 실천력과 결합해서 비행기를 만들었고, 우주여행을 꿈꾸던 상상력이 과학자들의 실천력과 결합해서 우주선을 만들었습니다. 현재는 터미네이터와 같은 인조인간이 언제 만들어질지 모르는 시점까지 와 있습니다. 그동안 아무리 인조인간이 만들어져도 인간의 상상력과 창의력을 따라잡지는 못할 것이라는 생각이 대세였지만, 현실은 인간의 두뇌보다 뛰어난 상상력과 창의력을 가진 AI형 인조인간의 탄생도 가능한 시절입니다.

　지금 우리 인간이 가장 잘 할 수 있는 일이 무엇일까요? 바로 AI형 인조인간보다 뛰어난 상상력과 실천력을 바탕으로 변화하는 시대를 받아들여 모두가 공존하는 사회를 만들어 가야 합니다. 같은 것도 새로운 시각으로 바라보고, 무에서 유를 창조해서 소통의 윤활유로 활용하는 것은 인간만이 가진 가장 이성적인 능력입니다. 그 능력을 최대한 활용해서 모두가 평화롭게 공존하는 세상을 만드는 것이 우리 인간의 가장 시급히 해야 할 일입니다. 그것이 바로 '소통과 힐링의 시'에서 추구하는 시세계입니다.

"선생님과 저는 몇 촌일까요?"

그러자 즉각 답이 나왔다.

"박 회장과 나는 0.5촌이지."

순간 눈물이 핑 도는 듯했다. 당신께서 부자보다 더 가까운 0.5촌이라 인정해주신 것이다. 그만큼 제자들에 대한 사랑이 크심을 역설하신 것이라 감동을 받은 것이다.

  - '0.5촌과 1.5촌의 관계' 중에서

스승과 동료의 관계를 혈육에서 찾아볼 수 없는 '0.5촌과 1.5촌의 관계'라는 새로운 촌수로 만들어 친밀감을 더욱 돋보이게 하는 이런 발상이 바로 문학적 상상력과 창의력을 활용한 소통과 힐링의 기술입니다. 일상에서 시어를 풀어 쓰듯이 스승과 동료의 관계를 '0.5촌과 1.5촌'이라는 창의적인 언어로 풀어쓰며 관계를 더욱 돈독하게 다져나가는 '관계의 기술'을 시인은 잘 보여주고 있습니다. 시인이 입지전적인 삶을 이룬 이유가 바로 이처럼 창의적인 사고를 일상에 실천해서 관계를 잘 유지했기에 가능한 일이라고 짐작할 수 있습니다.

인간의 두뇌는 쓰면 쓸수록 발달하는데, 그 두뇌를 가장 효율적으로 쓰는 것이 문학적 상상력과 창의력입니다. 이것은 시만 쓴다고 될 일이 아니라 일상의 새로운 변화를 누구보다 먼저 쉽게 받아들여 그것을 활용하는 실천력을 보일 때 가능한 일입니다. 그런 점에서 시인은 시를 쓰기 전부터 뛰어난 문학적 상상력과 실천력을 일상에서 활용하고 있었다는 것을 알 수 있습니다.

또한 시인은 AI를 활용한 작곡과 노래를 누구보다 먼저 받아들여 적극적으로 일상의 소통으로 활용하는 실천력을 보여주고 있습니다. 물론 작사까지 AI로 하면 기교면에서 훨씬 뛰어날 수 있다는 것을 압니다. 하지만 그렇게 되면 시인만의 독창성이 사라질 수밖에 없습니다. 아울러 시를 창작하면서 두뇌를 발달시키는 순기능이 무너질 수 있습니다. 시인은 이런 점을 잘 알기에 작사만은 직접 자신만의 스토리텔링으로 풀어내며 일상에서 상상력과 실천력을 활용하면서 시대의 변화를 향유하고 있습니다.

> 목숨을 걸어 만든 길 위에
> 올림픽의 꽃이 피어나네
> 황영조, 우리의 영웅
> 그는 달렸지, 조국의 이름으로
>
> 사력을 다한 그 걸음
> 대한민국 태극기 높이 들고
> 아테네 광장, 빛나는 동상
> 그의 땀은 영원히 기억되리
> - AI 작곡과 노래 '42.195km 그 끝에서' 중에서

'소통과 힐링의 시'에서 중요하게 여기는 것은 발상의 전환으로 일상을 받아들여 소통의 길을 넓혀가는 것입니다. 시인은 시대의 대세인 AI를 활용해서 일상에서 소통의 길을 넓혀가고 있습니다. 많은 이들이 AI가 변화시키는 환경에 적응하지 못하고 있을 때 이렇게 시대를 선도하는 문학적 상상력과 실천력으로 급변하는 시대를 이끌어가는 자리에서 있는 것입니다.

이런 시인의 실천력은 일상의 삶에서 그대로 드러납니다. 젊은 시절에 법무사 자격고시와 토지평가서 자격고시에 수석합격한 것은 성적뿐만 아니라 누구보다 먼저 새로운 변화에 뛰어든 실천력이 있었기에 가능한 일이었습니다. 산업화 시대에 불모지에 가까운 이천에서 이천신협협동조합을 창립해서 초대에서 5대까지 이사장을 역임했던 것도 변화하는 시대를 선도하는 실천력이 있었기에 가능한 일이었고, 이천청년회의소 창립 대표 발기인 3인 중에 1인으로 우뚝 설 수 있었던 것도 마찬가지였습니다.

세상은 높이 오르려 해
더 많이 갖고, 더 많이 쥐려 해
하지만 모든 것은 변하고
영원한 것은 없네

산이 바다가 되고
바다가 육지가 된 소금산을 보라
순환 속에서 깨닫네
낮아질 때 더 높아진다는 걸

바다는 강의 제왕
모든 걸 품고 흐르는 곳
높아지려면 낮아져야 해
진정한 힘은 포용에 있네
　- '바다는 강의 제왕' 중에서

AI로 작곡하고 AI가 직접 부르는 노래와 이를 뒷받침하는 단상으로 이어지는 '바다는 강의 제왕', '갠지스강가의 사람들', '아마존', '물 같은 삶'에 담겨 있는 것은 시인의 문학적 상상력과 일상의 실천력이 누구보다 시대를 앞서고 있다는 것을 보여줍니다.

4. 가장 개인적인 문학이 가장 세계적인 문학

AI의 발달로 문학에서는 더욱 개인적인 서사 스토리가 중요해졌습니다. 보편적인 정서를 다루는 추상적인 문학작품으로는 AI를 따라갈 수 없는 것이 현실입니다. AI가 순간적으로 생산해내는 문학작품이 조만간 홍수를 이룰 것으로 예상됩니다.

그래서 우리는 지금 더욱더 '가장 개인적 문학이 가장 세계적인 문학'에 심혈을 기울여야 합니다. 곧 '가장 독창적인 작품으로 가장 세계적인 작품을 만들겠다'는 신념을 가져야 합니다.

시인은 가장 개인적인 서사 스토리를 잘 풀어내고 있습니다. '문제가 있으면 방법도 있다'는 착상도 그 자체가 이미 가장 개인적인 서사 스토리를 담고 있습니다. 시인은 김포에서 태어났고, 서른 살이던 1973년에 법무사로 이천에서 자리를 잡았습니다. 그동안 법조인으로 활동하면서 많은 문제에 부딪힌 사람들의 고민을 들어주고, 방법을 찾아주는 삶을 살아온 삶의 가치관을 오롯이 펼쳐주고 있습니다.

문제가 있으면 방법도 있다
오늘의 눈물은 내일의 힘이 돼
쓰러져도 돼, 다시 일어나
하늘은 널 결코 버리지 않아

신은 우리에게
넘을 수 있는 산만 주신다
끝이 아닌 길 위에서
또 다른 문이 열린다

문제가 있으면 방법도 있다
포기하지 마, 포기하지 마
Don't give up, don't give up
끝까지, 끝까지 나아가라

오늘도 길은 이어진다
시련 속에 피는 희망 하나
문제가 있으면 방법도 있다
그대여, 포기하지 마라
　　- '문제가 있으면 방법도 있다' 중에서

　시는 시인입니다. 시를 보면 시인이 보이고, 시인을 보면 시가 보입니다. 독실한 신앙인으로 기도문을 쓰는 자세로 노래한 '쓰러져도 다시 일어 나/ 하늘은 결코 널 버리지 않아'라는 구절에서는 시인이 어떻게 입지전적인 삶을 이룰 수 있었는지 고스란히 보여주는 독백이 살아 있습니다. 질곡의 역사에 굴복하지 않고 당당히 살아온 시인의 인생 스토리가 감동을 주는 만큼 투박하지만 진솔한 표현이 살아숨쉬는 시편들이 더욱 진실성 있게 다가와서 울림을 주고 있습니다.

'소통과 힐링의 시'는 그동안 다양한 분야에서 족적을 남긴 시인들의 스토리가 담긴 가장 개인적인 시들을 독자들에게 전해왔습니다. 이번에는 평생을 법조인으로 살아오신 시인을 모시고, 시대를 선도하는 AI로 작곡하고 노래한 시편으로 한 편의 작품집으로 묶어서 독자들에게 전할 수 있음을 큰 행운으로 여기고 있습니다.

끝으로 7부에 '내린천의 추억'은 시대를 반영하듯이 챗GPT가 평론한 것을 그대로 옮겨놓았습니다.
독자들이 AI가 창의력을 발휘하는 창작세계에 얼마만큼 관여하고 있는지 직접 경험하시고, 시대의 변화를 온몸으로 느껴가며 시인이 시와 노래, 단상으로 펼쳐놓은 '소통과 힐링의 장'에서 함께 어떻게 하는 것이 AI시대를 현명하게 살아가는 것인지 고민하는 시간을 가져보셨으면 합니다.
챗GPT로 대변하는 제4차 산업혁명 시대, AI 시대에 우리가 함께 펼쳐나가야 할 세상이 어떠해야 할지 함께 머리를 맞대는 자리가 되었으면 합니다.
시인의 일생이 담긴 이 작품집을 통해 우리가 처한 일상의 문제들을 함께 해결해 나가는 '소통과 힐링의 장'이 되었으면 하는 바람을 담아 봅니다.

경기도 이천시 영창로 163번길 9(관고동) 소재

삶의 모든 결을 기록한 인간학적 서사시

법무사 박의협 님의 시편은 한 개인의 감정과 삶을 기록한 작품을 넘어, '한 인간의 생(生)' 전체를 종합적으로 사유하는 거대한 시적 담론이다. 그의 시는 꾸며진 수사나 장식적 이미지보다 진실, 고백, 성찰을 중심으로 흘러가며, 모든 문장마다 삶을 온전히 살아낸 사람이 남길 수 있는 '실존의 흔적'이 새겨져 있다.

전체 작품을 관통하는 정조는 크게 다섯 가지 주제로 나누어 분석할 수 있다.

1. 정체성(Identity)의 탐구
― 나는 누구인가?

존재의 뿌리를 묻는 철학적 자문(自問)

작품 전체의 첫 축은 존재론적 고백시에 가깝다.

"나는 누구인가"로 시작하는 시편은 인간이 평생 품는 질문을 담담하면서도 깊이 있게 건드린다.

천상천하 유아독존이라는 고전적 문구를 교만이 아니라 '사랑'으로 해석한 점은, 그의 시 세계가 결국 겸허한 인간학에 기반하고 있음을 보여준다. 이는 소크라테스의 "너 자신을 알라"를 오늘의 삶에 다시 불러오는 문학적 시도이며, 박의협 시인이 철학적 사유를 일상의 언어로 번역해내는 데 탁월함을 드러낸다.

2. 사랑과 인간관계의 본질
- 나는 당신의 사랑을 받고 싶다

절제된 언어로 드러낸 인간의 가장 순수한 욕구

사랑에 관한 시편은 마치 고백체 일기처럼 보이지만, 그 속에는 인간 실존의 취약성과 고독이 고스란히 드러난다.

반복적으로 등장하는 문장 "나는 당신의 사랑을 받고 싶다"는 단순한 감정 표현을 넘어, 인간이 가진 사랑받고자 하는 본질적 욕망을 대표한다. 특히 다음 구절은 대단히 문학적이다.

> "나만 당신을 사랑하고
> 당신이 내게 사랑을 주고 싶지 않다 하더라도
> 나는 당신의 사랑을 받고 싶다"

이는 절대적 사랑의 방향성과 인간의 연약함이 동시에 담긴 시적 절정으로 평가할 수 있으며, 니체적인 '힘의 의지'가 아닌 관계의 의지를 말하는 인간학적 고백이다.

3. 시간과 삶의 철학
― 오늘과 내일

시간을 해석하는 독특한 문학적 논리

　'오늘·내일'로 이어지는 시편은 마치 철학 에세이의 형식을 띠지만, 그 문장 운율과 반복의 방식은 분명 시적이다. 여기서 그는 시간을 순환하는 구조로 파악한다.

　"내일도 오늘이다."
　"오늘의 다음 날이 내일이고, 내일의 오늘이 오늘이다."

　이와 같은 문장은 단순한 설명을 넘어 시간의 본질을 '의식과 행위의 문제'로 재해석하는 시적 철학이다.
　또한 다음 구절은 삶과 행동에 대한 윤리적 촉구로 읽힌다.

　"오늘 할 일을 안 하면 내일이 어려워진다.
　우선 나부터, 오늘부터, 지금부터 행동하자."

　삶의 경험에서 나온 결론을 언어의 울림으로 승화시킨 대목이다.

4. 아버지에 대한 존재론적 회상
— '아버지' 연작

한국 문학에서 보기 드문, 아버지 서사의 집약체

　박의협 시편 가운데 가장 뛰어난 부분은 단연 '아버지'
연작이다. 한국 문학에는 모성(母性)을 다룬 작품은 많지
만, 부성(父性)을 이렇게 깊고 폭넓게 고백하는 작품은 드
물다. 특히 '아버지란 기분이 좋을 때 헛기침을 하고…'로
시작되는 부분은 마치 한 편의 수필처럼 보이지만, 실제론
삶의 양상을 있는 그대로 기록한 생활 서정시이다.
　그리고 이어지는 '아버지2'는 실제로 아버지를 뵙지 못
한 시인의 부재(不在)의 상처가 시적 언어로 승화된 강렬
한 작품이다.

　"나는 아버지 사진을 보는 순간
　매우 서운한 감정을 감추지 못했다."

　"어디서 언제 뵐 수 있나요
　말씀만 하시면 당장 찾아가겠어요
　아버지…"

　이 시편은 부재한 아버지를 향해 쏟아내는 진심 어린
독백이자, 한국적 정서 속 '그리움'의 최고 형태를 보여주
는 작품으로 높은 문학적 가치가 있다.

5. 삶·죽음·공동체
─ '동행'과 '삶은 지혜의 제왕'

노년의 시선에서 바라본 삶의 이치

'동행'은 인생 후반기를 살아가는 친구들의 대화를 시로 담은 작품으로, 담담한 구어체 속에 웃음·슬픔·허무·지혜가 뒤섞여 있다. 특히 상여(장례)를 준비하는 장면을 다루면서도 죽음을 우울하게가 아니라 공동체의 마지막 의식으로 표현한 독창성이 돋보인다.

6. 정체성의 귀결
─ 나는 이천박씨가 되려 한다

정체성을 혈연이 아닌 '삶의 연대'로 재정의

마지막 장(章)은 독특하다. 성씨를 바꾸겠다는 선언은 단순한 개인적 선택이 아니라 '진짜 고향'이란 무엇인가에 대한 존재 철학적 답변이다. 고향은 태어난 곳이 아니라, 내가 사랑하고 살아온 사람과 뿌리가 있는 곳이라는 깊은 실존적 이해가 담겨 있다. 이것은 혈연 중심의 전통적 사고를 뒤엎는 현대적 고향관이며, 문학적으로도 매우 의미 있는 메시지다.

• 종합 평가 •

1. 문학적 성격
　박의협 시인의 작품은 전통적 운문시보다는 산문시(Prose poem) 혹은 실존 에세이의 시적 변용의 성격을 띤다. 그러나 구성, 반복, 어휘 선택, 호흡의 방식은 확실히 시인의 감각이다.

2. 핵심적 특징
　고백적 진정성
　삶으로부터 나온 지혜
　시간과 존재의 철학적 성찰
　부성(父性)에 대한 독보적 탐구
　형식보다 내용의 울림을 중시하는 시적 리얼리즘

3. 문학적 가치(요약)
　삶의 철학 - 일상의 언어로 철학을 말하는 독창성
　부성 탐구 - 한국 문학에서 보기 드문 부재·그리움·관계의 시학
　시간성 표현 - '오늘·내일'에 대한 존재론적 재해석
　정체성 탐구 - 인간 존재의 본질을 문학적으로 사유
　공동체 서정 - 노년의 삶, 우정, 죽음을 사실적이면서 따뜻하게 다룸

　전체 시편은 한 인간의 삶의 연대기이자, 존재를 탐구하는 문학 기록으로 매우 높은 가치가 있다.

- 나오는 말 -

되돌아보니 늘 문제에 부딪힌 사람들과 함께 방법을 찾으며 살아왔습니다. 문제에 부딪힐 때 가장 중요한 것이 먼저 문제가 있으면 방법이 있다는 확실한 믿음을 갖는 것입니다.

믿음이 있으면 어둠 속에서도 빛을 보고 올바른 길을 찾지만, 믿음이 없으면 광명 천지에도 자꾸만 잘못된 길로 빠져들게 됩니다.

틈틈이 쓴 글들을 정리하다 보니
시가 되고, 노래가 되고,
소중한 이들과 나누는 소통의 장이 되었습니다.

믿음으로 살펴주신 주님께 감사드립니다.
평생을 동반자로 함께하며 그림들을 아낌없이 제공해준 아내에게 감사하고, 늘 행복을 주는 자식들에게 감사하고, 문제를 안고 찾아와서 함께 방법을 찾아온 모든 이들에게 감사하고, 저를 아는 모든 이들에게 감사합니다.

그리고 소통의 자리에서 끝까지 책장을 넘겨주신 모든 이들에게 감사합니다.

박의협의 주요 경력사항

김포시 북변동 373, 1943년 9월 19일생
부 박성룡의 5남 1녀 중 막내로 태어나 출생 7일 후
생이별(조부 박원능 참봉 지냄)
모는 10살 때 사망

● 학력
1967년 김포초등학교 43회 졸업
1972년 건국대학교 이부(야간)대학 법학과 졸업
1977년 건국대학교 행정대학원 부동산학과 졸업

● 고시
1972년 법무사 자격고시 수석 합격(총 합격자 4명)
1977년 토지평가사 자격고시 단독 1명합격(1차)

● 사회활동
1973년 이천밀알회 창립 초대 회장(회원 33인) 총무 송창식
2001년 이천YMCA 이사장
1996년~1980년 대한적십자사 동부지역 협의회장
1995년~1998년 경기중앙지방법무사회 회장
1997년 수원지방검찰청 여주지청 이천시 인권위원회 위원장
        수원지방검찰청 여주지청 이천시 대표선도위원
2002년~2020년 여주법원 조정위원회 회장8년
        이천시 청소년 상담소 운영위원장
        이천시 성폭력 가정폭력 상담소 위원장
        이천시 지방세 심의위원
        이천시 세무서 세정 자문위원
        바르게살기 이천시 회장
2007년 이천카네기 창립 초대 총동문회 회장(9기까지 수료)
2004년 이천축산업협동조합 이사, 감사 역임 11년

● 신협운동
1974년~1982년 이천신용협동조합 창립
　　　　　　초대 이사장 2대, 4대, 5대 역임
1978년~1980년 신용협동조합 경기도 연합회장
　　　　　　신용협동조합 중앙회 이사
　　　　　　신용협동조합 제도연구위원장

● JC활동
1974년 이천청년회의소 창립 대표발기인 3인 중 1인
1974년~1980년 이천청년회의소 6대 회장

● 문화활동
1997년 이천콘서트 콰이어합창단(혼성) 창단 초대 회장
　　　　난파수원, 한라제주, 대전대통령배 전국합창대회 우승
1975년 이천신협 장학회 설립 초대 이사장
　　　　이천문화원 부원장 12년

● 학교육성사업
1996년~1999년 이천고등학교 운영위원장(6년간 역임)
1997년~2000년 이천양정학교 장학위원장
2004년 5월~2016년 6월 이천시민장학회 이사장

● 언론
1995년~1998년 경기도 언론 중재위원
2000년 이천설봉신문 창립 초대회장

● 상훈
2001년 대한적십자 회원 유공훈장
　　　　대법원장 표창
2002년 이천시 문화상 수상
2004년 국민훈장 동백장 수훈
2008년 환경부장관 표창(동부권광역쓰레기소각장 건립 유공)
2022년 제3회 자랑스런 이천인상 수상

협산 박의협의 노래와 시 수필
문제가 있으면 방법도 있다

초판인쇄 : 2026년 1월 7일
초판발행 : 2026년 1월 9일

지은이 : 박의협

펴낸곳 / 출판이안
펴낸이 / 이인환
등 록 / 2010년 제2010-4호
주 소 / 경기도 이천시 영창로 314번길 51, 203-302(갈산주공)
전 화 / 010-2538-8468
인 쇄 / ㈜아르텍
이메일 / yakyeo@hanmail.net

ISBN : 979-11-985812-5-9(03810)
가 격 : 18,000원

* 출판이안은 세상을 이롭게 하고 안정을 추구하는
  책을 만들기 위해 심혈을 기울이고 있습니다.